鏡のなかのアジア

谷崎由依

集英社文庫

鏡のなかのアジア✣目次

鏡のなかのアジア

……そしてまた文字を記していると

……そしてまた文字を記していると手許の灯火が筆《pen》を、その先端の金属部分をごくちいさく照らし出し、銀色にひかる点があとをついてくるのだった。その点の通ったところから、黒い筆跡があらわれてくる。筆先の太さぶんの墨の痕跡は、夜のなかにあってささやかに照らされる彼の手許のひかりのなかの、その見せかけのちいさな昼の、さらに内側の、さらにちいさな夜、筆の太さぶんだけのごく細い夜であり、その夜のつらなりを、手のなかの軸よりなめらかに流れ出してくるそのあとを途切らせないよう気をつけて、細心の注意を払いながら、彼は追いかけていく。追いかける先には何もない。くすんだ白の写本用紙は、彼の右手より先にはまだ何も書かれてはおらず、それより下、つまり彼の胸許のほうへはさらなる空白が広がっている。その白さを思い、彼はおののく。ただ彼の手を、ただ彼の手のなかの筆より流れ出てくるつらなりを、その黒を受け入れるためにだけ横たわる紙というものの従順を、そしてそれを文字で埋めていく自分の右手というものを思うと慄然とするのだった。

石を積みあげて作った壁は硬く、向こう側からは物音もしない。両腕で覆ってしまえるほどのさしておおきくもない机ひとつ置けば、ほぼ埋まってしまう狭い部屋だ。乾いた空気を獣の脂がごくわずかに湿らせている。その脂は彼の手許の灯火、牛酪《butter》をかためて錫《すず》の器に入れ、芯を差した灯火から立ちのぼってくる。黒々とした長い体毛と、二本の湾曲した角を持つ、山脈のような背中の獣。静かな目をしたその獣の、乳から採った脂だった。僧院《gompa》の外を歩きまわり、ゆっくりと草を食《は》む獣《yak》たちが、夜のあいだはどんなふうにすごしているか彼は知らない。

灯火を揺らして消してしまわぬよう注意して、けれどなるたけすばやく筆の先を動かしながら進んでいく。炎の反射したひかりの点は、彼の手の動きとおなじ速度で移動する。速く動かせば速く、ゆっくりならばゆっくりと、紙と水平にわずかに浮かんだところを動いていく。銀色の点が作り出す文字を、左から右へと流れるように続く模様のようなその残像を、彼は目の端に捉えている。闇のなかを進む残像が、紙にしたたる黒い夜の文字とはまたべつの文字群となり、べつの経文を紡いでいく。平らかにひらかれ机上に横たわる、生成りの絹のような紙に記され、閉じ込められていく文字たちとは違い、つかのま視界にとどまるものの一瞬で消えゆく宙の文字。その文字は消えてどこへ行くのだろうか。紙に記される墨の文字の、いわば予期せぬ双子のような、昼間に窓辺で写本するときには出会うことのない片割れ。この銀色の残像を、見つけたのはいつのことだろう。つい昨日のことにも思えるし、ずっと以前のことにも思える。この残像を好むがために、夜に写本することを彼は好んだ。夜に、石壁の写本室に籠《こ》もり、寝静まった僧院の静けさを彼は聞いている。獣の乳から採った脂の、僧院の壁に長の年月にわたり幾層にも堆積した煤《すす》の匂いを嗅ぎ、悴《かじか》む指を折にふれ着物のうちに入れあたためては、筆の先をあらたな墨に浸して経文を写していく。朝の勤行がはじまるまで。夜の時間は長いようでいて、いつも短いと彼は思う。

僧院の外に広がるのは、岩山から成る土地である。けれどもそんな物言いも、同語反復かもしれない。この土地はすべてが岩山であり、岩山というのは土地のことだからだ。ここでは地面とは、岩ばかりの山の土地であり、空とはどんな鉱石より青く、曇ること、まして雨を宿すことなど滅多にない、そのようなものである。この土地の言葉で地面とは、木や草のほとんど生えることなく、起伏が多く、ときに聳《そび》えて立ちはだかり、垂直に切りたった断崖を有蹄《ゆうてい》類が跳んで降りる、そのようなものを指すのであり、空気とはひどく乾いたもの、酸素の薄いものを指すのである。そして空とはひとびとに身近なもの、すぐそこの、手を伸ばせば触れることさえできるような天蓋を指すのだった。

すべてが高いこの土地にあって、さらに小高い丘の上に僧院は建っている。丘の斜面には家々が建ちならぶ。ちいさな窓をひとつずつ持つ、箱のような白い家々だ。僧院に寄り添うように、その周囲に控えめに集まっている。丘をくだった低いところにも、ぽつ、ぽつと集落がある。隣の集落だが、遠い。僧院やその周辺の家々からは、馬の足で一日がかりになる。

僧院の建物は家々を繋《つな》げたような、四角い箱をならべて積んだような形状をしている。灰色の岩のなかの、白っぽい灰色の建物だ。あたりの集落をすべてあわせたよりもたくさんの僧が暮らしている。たくさんの僧が暮らしているから、たくさんの窓がある。その窓のひとつから、彼は隣の集落のほうを眺める。馬の足で一日、風が強ければ三日もかかるその集落で、彼は生まれたのだった。生まれたと教えられたのだった。だが彼にはよくわからない。生まれた家での出来事は、彼にはとても遠い世界のことのように感じられる。

少年期を抜け出しつつあるものの、彼はまだ成長のつぎなる段階にはいたっていない。過渡期にある少年らしい、曖昧な相貌をしている。いまだ定まらない、何か不定形の印象を引き摺るようにしている。だがこの僧院の建物には鏡というものがないので、自分の与えるその印象を、彼はただ内面の遠い残響としてしか感知することができない。すなわち彼の、彼自身把握しがたいこころの動き、いつどのようにしてどこに転がっていくか、彼自身にも予測のつかない内側の働きが身体《からだ》のものとなり、さらに身体の外へと伝わっていく、その波紋の、何かにぶつかっては戻ってくる波状のゆらぎとしてしか、彼は感知することができない。そのぶつかる何かというのは、あるときには僧院の壁であり、壁に描かれた数々の形象であり、またあるときには階段であり、べつのあるときには灯明であり、そしてまたべつのあるときには兄僧たちであった。

海老茶《えびちゃ》色の僧衣を着た兄僧たちは、僧院のあらゆるところにいた。幾人の兄僧が暮らしているのか、彼にはわからないことだった。誰にもわからないことだった。

兄といってもむろん、ほんとうの兄ではない。岩山のあちこちに散らばる集落から、掻きあつめられるように僧院にやってきた者たちだ。生まれも違えば、言葉も違う。だが言葉は、ここにやってくるとおなじになるのだった。みなで揃っておなじ言葉を使い、日に幾度もの問答を、くりかえしくりかえし、毎日行うためだった。

僧院の四角い庭で、問答は行われる。問う者と答える者、二人がひと組になり、問う者は命題を提示する。──ひとであれば無常な存在である。──白であれば色である。──諸法無我は真である。

答える者に許されているのはただ四つの返答だ。──その通りである。──何ゆえか。──論拠は成り立たない。──必然性がない。

乾いた土地にあってここだけは菩提樹《ぼだいじゅ》の茂る中庭の、木陰に日差しを避けて座りながら、繰り広げられる問答の声を聞くうちに、いまだ少年僧の彼は、気持ちの遠くなることがあった。その通りである。何ゆえか。論拠は成り立たない。必然性がない。その四つの答えによって、問いは折りたたまれていく。命題はかたちを変えていく。そのさまが彼には、回廊の角をひとつずつ曲がっていくことのように思えるのだった。僧院の建物の各階に幾つも作られた回廊を、折にふれ彼は歩いた。牛酪《butter》の脂に湿った薄暗い床を、裸足のあしうらで踏んでいく。まだあたらしい灯明を左の手のひらに載せて、彩色の鮮やかな壁画を右手でなぞりながら、誰もいない回廊を、彼はひとりで歩くのだった。回廊の角は直角で、直角を四つ集めればもと通りに四角くなるはずだ。四度曲がればもといた場所に戻ってくる。あたりは暗く、灯明だけが頼りだが、四度で戻ってくると思えば怖くない。竦《すく》む気持ちを奮いたたせて、彼は前に進んでいく。一度はじめてしまったからには、引き返すことはならないのだ。それが回廊というものであり、それが問答というものだった。右へ、右へ、また右へ。経文の書かれたmani車をまわすのとおなじ手つきで、彼は右へと曲がり続ける。四度曲がれば、戻ってくる。しかし実際にはそうはいかず、四度曲がってあたりを見まわせば、そこに広がるのはかつて来たことのない茫漠とした暗がりなのだった。どこで何がずれたというのだろう。彼はそこで立ちつくしてしまう。このうえなく明晰なはずの問答の、答える者たちの四つの言葉は、たとえばそのような回廊、けっしてもとの場所に戻ることのできない回廊を彼に思い起こさせる。

そんな疑問を彼は、兄僧に告げてみたことがあった。その兄僧は彼と僧房がおなじで、Amdoの出身であった。Amdoにはここよりおおきな僧院が幾つかあるはずだったが、この兄僧は長の旅をして、ここまでやってきたのだった。AmdoやKhamといった地方から来た僧はほかにもいる。ここがとりわけてすぐれた僧院だからというわけではなくて、生まれた集落から離れて歩くこと、鉱石めいた青さの空の下を歩いて移動することが、好ましいとされているからだった。

青年らしく逞《たくま》しい腕とあごとを持つ兄僧は、彼の疑問を耳にすると、困ったような、あるいは幾分悲しそうな顔をした。問答とは教理の奥深くへ入りゆくためのものであり、出発地から遠く離れて歩くためのものである。もといた場所に戻るためのいとなみではないのだから、それは当然ではないかと。最初の場所に戻ってしまったら、何のために問答をするのかわからない、というのだった。

兄僧の言うのはもっともなことであり、彼も頷いて返した。納得したというわけではないが、以来その疑問は誰にも話さなかった。そうして彼はいまでもなお、明るく晴れた昼間のなかで、ひとり回廊に迷うのだった。緑の葉陰がひかりの斑《ふ》を作る白い石畳の中庭は、彼にはいっそまぼろしのように思えてくるのだった。

砂の流れる音がする。眠る彼の枕辺を、流れる音が横切っていく。砂は僧院の外にあるので、彼の目には見えない。しかし音は聞こえてくる。要塞のような分厚い外壁の、その内側の幾重もの回廊の、そのさらに内側に、厚い壁や薄い壁、たくさんの石壁に囲まれた奥に彼の眠る僧房はある。彼と兄僧たちの起居する房は広い僧院のなかほどにあるのに、それでも聞こえてくるのは、砂たちの争う音があまりにすさまじいからだった。

よい砂と悪い砂。この世はふたつの砂からできている。ふたつの砂が相争い、反目し、ときに混じりあい、一方が他方を圧倒し、またべつのときには形勢が逆転し、あるいはまたべつのときには、片方が優勢ではあるものの他方にも幾らか分はあって、という、その数々の様態から、この世の諸相は生まれるのだった。様態はどれも少しずつ違い、ひとつとしておなじものはないために、この世も過去とおなじ相を見せることは一度としてないのだ。しかしただひとつ言えることは、一方が他方を完全に駆逐することはないということである。たとえよい砂がすべてを覆ってしまったように見える場合でも、ただ一粒の悪い砂はかならず残っていて、そこからまったく形勢が逆転することもあるのだ。

砂どうしが戦いを繰り広げているその上空では、馬たちが風に乗っている。青、白、赤、緑、黄色の布で作られた旗は、風の馬と呼ばれている。経文の、文字の言葉が書かれたそのまんなかに、馬が描かれているためだ。祈りの言葉が空へ拡散していくように、五色の旗は長く繋がれ、土地のあらゆる場所に、あらゆる尖塔《せんとう》や建物に結ばれ、たなびいている。

硬く乾いた空の青に、旗は鮮やかな色をさらしている。とりわけて風の強い日、あるいはとりわけて空の近い日には、書き割りのような青を背景に、空に、確かに駆けていくものが、彼には見えるのであった。それはあるときには墨で書かれた文字そのものであった。そしてまたべつのときには、旗とおなじくらいのおおきさの、手のひらよりも少しおおきいほどの、風に乗っていく馬であった。

文字であるときそれは、冴え渡った空の明るさが反転した残像のように見えた。ちょうど暗い場所から出てきたとき、戸外のひかりが目に痛く、眼球の内側の器官が正しく反応することができず、しばしのあいだ黒っぽい斑点が視界に浮かんで見えている、あの現象によく似ていた。

そこで彼は思うのだった。僧院でもおなじように、煤けた天井の暗がりやあちこちの物陰に、宙に放たれた文字たちが、または馬たちが隠れているのだろうと。直視しすぎれば目を傷めるほどの、鉱石のように冴えざえとした空の明るさとは対照に、建物のなかは昼間でも暗い。僧院の内側は闇、墨で書かれた文字もおなじ闇の色だから、見えないだけ、気づかないだけなのだ。建物の内部に満ちるあの暗闇こそ、幾千と積まれ日々読みあげられる書物から、経典から、立ちあがって解きはなたれた文字そのものでできているのに違いない。

書物は世界を映すもの、世界を描いて閉じ込めた鏡のごときものだと、ある地方では言われているらしい。この土地よりずっと低いところ、空が遠くて茫洋として白っぽく湿った地方の話だ。彼には信じられないことだった。この土地で生まれ、物心ついて間もなく僧院に連れてこられ、以来ずっとこのなかで暮らしてきた彼にとって、そのような発想は、まったく倒錯的だった。意図的に物事を混乱させているか、さもなければ完全な無知、蒙昧《もうまい》ではないかと感じられた。

というのも、この土地にあってはすべては逆だったからだ。書物とは世界そのものである。何千巻、何万巻もある経典は、この世のあるべき様態をすっかり閉じ込めてそこにある。それは何よりも先んじてこの世に存在するものであり、彼やその他のひとびと、あるいは山々や岩や砂、あるいは山々のふところに隠された、空を映して空よりなお青い水面を持つ湖、あるいは澄んで静かで底のない水の、その湖面よりなお静かで深い目をした獣《yak》たち、あるいはそれらすべての上にかかる空という天蓋さえも、あらかじめ書物のなかにあったもの、そこから生まれてきたものである。そしていまなお刻々と、生まれ続けているものである。書物のなかの記述をもとに、日々再形成されていくものだ。兄僧たちが日々、つややかな声を張りあげて経を読み、怠ることなく経典をひらくのは、そこにある文字を宙に解きはなち、この世に拡散させるためである。一日も休むことはならない、と言われている。さもなければこの世界は端から欠けて、見る見る不完全なものとなってしまう。

馬のようにしたたかな蹄《ひづめ》を持ち、どこまでも駆けてゆくことのできる、墨色をした文字たちは、風の強いときにはいっせいに、五色の旗から抜け出していく。空はいっときその墨色で翳《かげ》るように見えるけれど、文字は間もなく四方に拡散し、もと通りの青となる。彼はその様子を僧院の窓から眺めている。あれらの文字は風がやんだら、どこかの国で地に落ちて、やがてはあらたな砂となる。空中に拡散し、それぞれの国の空を満たしたおのおのの文字たちは、やがて長い時間をかけて、凝固し、質量と重みを増して、ゆっくりと地に落ちていく。ひとつの文字がひとつの砂になるまでに、ひどく歳月のかかることもある。宙を舞う、目に見えない埃がゆるやかに堆積していくように、風に乗っていた文字たちも、いつかは堅固な砂となる。

そうした国のひとびとは、知らないに違いない。自分たちを構成する砂の一粒一粒が、もとを辿れば、はるかこの地で放たれた文字なのだということを。知らずに呑気に暮らしたり、あるいは悲しみ、あるいは喜び、あるいは日々を蔑《ないがし》ろにし、または気が変わって慈しんだりしながら、生きているのだろう。

それはそれで構わないことだ。だが彼にとってもうひとつ、不思議で信じられないことがある。そうした国々にあっては、空がここよりずっと遠く、白くぼんやりと霞がかかったままであるらしいということだ。そのような空の下では、どんなものもはっきりと見ることはできないではないか。はっきりと見ることができなければ、どんな認識も、正しく得ることはできないのではないか。

山々の彼方に消えていく文字の後ろ姿を見送りながら、そんな空の下に住まうひとびとを、彼はふと哀れに思うのだった。彼自身まだ年若く、認識のかけらすらも、とうてい摑めてはいないことなど忘れているのだった。

夜、写本室に籠もっていると、目が萎縮したようになってくる。脚を伸ばして歩かなければ、もう歩けなくなる気がふとして、彼は灯明を手に取る。扉を抜け、回廊を歩いていく。灯明をかかげると、壁に描かれたものが目に入る。そこに塗られた顔料の、長く煤にさらされながらも鮮やかな、極彩色の神々の姿。手のなかのちいさなあかりの、その照らし出す範囲だけが、かろうじて浮かびあがる。

赤や緑の神々はまんまるな目を剝いて、おおきく開けた口腔《こうくう》には尖った歯がならんでいる。べつのもっと柔和な神々でさえ、鼻筋は通り鼻翼はどかりと顔の中央に座り込んでいる。このような顔の人間を、彼はかつて見たことがなかった。この土地に住まうひとびとは、女も男も黒目がちの、ちいさく引きしまった顔をしている。神々というのは人間とは、よほど違ったものなのだろう。あるいはこれらの神々は、どこか遠くから来たのだろうか。

このようにさまざまな色彩もまた、絵のなか以外で見たことがなかった。彼が知っている景色といえば、ただひたすらな灰色の岩、灰色の背中の獣たち。あとは青、空の青、空を映して空より青い、鉱物質の湖の色。またはそのほとりに咲く、花弁の薄い芥子《けし》の青だった。

赤や黄の豪奢《ごうしゃ》な花々が咲き乱れ、紫や緑の厚い雲が行き交い、橙や緋色の衣をまとった神々の飛来する壁画を眺めながら、彼のこころに浮かぶのは、それとは対照の色のない世界、あるいは灰色とあとは青とだけから成る土地の景色だった。

もうどれくらい以前のことなのか、彼にはわからない。思い出せない、というよりも、記憶かどうかさえ定かではない。馬の足で一日がかりの、風が強ければ三日がかりの、馬がなければ七日、馬もなく、風も強ければ十日がかりのその道を、岩山を越え、岩山の隠す湖のそばを横切って、ようやっと辿りつくちいさな集落。灰色の山道は、春ならば地衣類のわずかな緑が幾許《いくばく》かの色を加える。そうして湖の表面のように深く静かな目をした獣《yak》が、その緑色を食んでいる。冬ならば、灰色はおおかた白に覆われて、彼方に聳える Kang rinpoche と、手前に群れる獣たちの背中に、ひとしく雪が降り積もる。

そうして彼の生まれた集落もまた、雪に閉ざされるのだった。

その集落の外れに、父母と幼い彼とはかつて住んでいた。父は羊を追い、母はその毛で糸を紡いで暮らしていた。彼はとても幼いころから字を読むことができたので、父母はこれを僧侶にしようと思いたったのであった。

なぜただひとりの息子を、より多くの羊を追い、乏しい土地に裸麦を育て、獣の長い毛を刈る働き手に仕立てようとしないのか。そのほうが、暮らし向きもずっと楽になるのではないか。彼には不思議だった。僧侶というのは、そんなにもすぐれた何かなのだろうか。自分が僧侶になると、父母の暮らし向きがほんのわずかでも楽になるものだろうか。しかし周囲より伝え聞く話からすると、そうとは思われなかった。そこには何か、経済とか利便とかとはべつの価値基準が、働いているらしかった。彼はとても幼かったけれど、そのことをぼんやりと意識した。

集落にはほかにも家々が、泥土を捏《こ》ねて四角くし、白く塗ったちいさな住まいが寄り集まっているのだった。おのおのの玄関に垂らした布は、白地に紺の文様をくっきりと縫いつけて、日差しに映えて清々しかった。広場の中央には橄欖樹《かんらんじゅ》、小川のほとりには白樺がひょろりと長い幹をならべ、日に一度は荷馬車の往来があった。僧院とは逆の方角へ、馬の足で二日、風が強ければ五日、ひとの足なら十日かかる場所に、かつて栄えた城《zong》と、それを取りまく町があるのだった。集落は、城《zong》と僧院《gompa》との中継地点になっていた。

橄欖樹の広場には、つねに子どもたちがつどっていた。子どもたちは輪になって、列になって、手を繋いで、またばらばらになって、歌を歌っているのだった。その声は明澄で、たくさんの鈴をいっぺんに鳴らすみたいによく響いた。冴えた空に、高く高く、のぼっていくような声であった。

　そのなかにともに入って、歌声を響かせることが彼にはできないでいた。なぜだろうか。彼と父母の家が一軒だけ、集落の外れにあったためか。それとも彼が、字を読むことは得手なのに、声に出して言う段になるとたんに言葉がよそよそしく、知らないものに感じられて、舌が麻痺したようになってしまうためか。

子どもたちの歌い、その喉からこぼれ落ちてくる声は、耳には快いけれども、彼のへいぜい馴染んでいる言葉とはべつのものに思われた。彼はひとりその輪から離れ、自分の知っている言葉を数えていった。wa、nya、tag——狐、魚、虎。lcang ma、me tog、mtsho——柳、花、湖。水《chu》、山《ri》、そして空《gnam》。景色のなかを歩きながら、目に見えるものを名指していった。たったひとりで、そのようにして。何も造語をあてたわけではない。もともとある彼らの名前を、いまいちど事物の上にあてがっていっただけである。けれども、そのようにすることで、世界は彼のものになった。野原をすばしこく駆けて、ときおり立ち止まってはこちらを見つめる水平で細い目をしたwa、夏の訪れとともに岩の陰から蕾を膨らませ、信じがたいほど薄く繊細な、それでいて丈夫な花びらをおおきく広げてみせる me tog。旅の無事を祈念して、誰かが巻いていったのであろう、白い絹の長い布《khata》が、ほとりの岩に結びつけられたままになっている湖《mtsho》。そして見あげれば、いつでも彼を包み込み、守ってくれる空《gnam》。それはすべて、あたらしい名前であった。ずっとそのように呼び習わされてきた、古い言葉の積み重ねの上の、言葉にすぎなかったけれど、彼がひとり、野原を歩きながら、こころの内側の約束のように、ひとつひとつ事象に手渡していくとき、それはまったくあたらしい、彼だけの、彼とその物とだけの、秘密の名前のようだった。そうしてその名前のなかにあるとき、彼はひとりぼっちの、何も持たない無力な子どもではなく、ちいさな手のひらに豊かな世界をぎゅっと確かに握りしめた、豊かな子どもなのだった。

彼だけの空、彼だけの gnam の下に横たわっていると、ふと自分には、なぜきょうだいというものがないのだろうかと思えた。集落にはさほど家がないのに、そこそこ多くの子どもがいるのは、ほかでもない、どの家にもきょうだいがいるからである。上のきょうだいがいないのは、もう仕方がないことだった。上のきょうだいが、この先できるということはあり得ない。幼い彼にもそれはわかった――もっとも、のちに僧院に入って、多くの兄僧ができたときにその認識は覆されるのだが。では下のきょうだいならどうか。弟か、妹であれば。

上体を起こすと、彼はあたりを見まわした。手近なところに灌木《かんぼく》の切れがあった。よく乾いて、まるで骨のかけらのようだった。弟の骨かもしれない、と思った。この骨から弟が育つかもしれない。またべつの手近には、両手におさまる石ころがあった。これは妹の頭かもしれない。いまは頭しかないけれど、そのうち手や足が生えて、一緒に散歩できるかもしれない。

以来灌木の切れや石ころに、彼は話しかけるようになった。石ころは頭しかなかったけれど、頭があるということは大事で、頭があれば声も聞こえるし、考えることだってできる。彼は自分の考えたこと、見聞きしたことを話してやり、集落で手に入る書物の、読める部分を読んでやるなどした。経文はもちろんのことだった。信仰の深いこの地では、どの家にも、どの場所にも、かならず経文はあるのだった。空には五色の風の馬が、やはり悠々とはためいていた――。

曲がり角で、我にかえる。手にした灯明が消えかけている。とても暗い。

何かが、回廊の角を曲がっていく。ねずみ《tsi tsi》のようにすばしこい何か。それとも目の錯覚だろうか。この闇に満ちる文字たちが、彼をからかっているのだろうか。追いかけようとして、諦める。彼はふたたび歩きはじめる。追憶はもうやってこない。写本室へ戻るころには藍色の空が白みはじめている。どこかの遠くで、犬が鳴く。

読経の音が響いている。声というより、すでに音だ。千もの灯明が輝き、床はその火で金色に覆われる。

低い、低い、喉の底から絞り出すような読経の声。僧院じゅうの僧侶が、この奥の間に集まっている。ひどく年老いた僧もいれば、彼とさほど変わらない年齢の僧たちもいる。皺の寄った、日に焼けた、目を細めたそれらの顔は、ひとつひとつは違うのに、総じて眺めればどれもこれも似ているように思えてくる。頭髪を剃《そ》りあげた頭も、たくさんの襞のある海老茶色の僧衣も。頭巾のついた衣もなかにはある。

顔たちがそうであるように、声もまた、ここにあってはひとつだ。たくさんの喉から絞り出される低音は、ひとつの、とてつもなく太い、音の束となってそこにある。僧院の建物が震え、壁に描かれた神々が震え、灯明の炎が細く伸びあがる。

この音のなかで、彼もまた灌頂《かんじょう》を受けたのだった。——出家することを嬉しく思うか、と、年老いた兄僧が言った。頭巾をかぶった僧だった。海老茶色の衣の上から、黄の布を掛けていた。儀式を行う者のしるしだった。

嬉しく思います、と彼は答えた。そして頭にひと匙《さじ》の水を受けた——。

読経の束が波となり、つぎつぎ彼に押し寄せる。自分はあのとき、何を考えていたのだろう。僧侶になることは素晴らしいことだ、それはたいへん恵まれたことだと、つねづね父母に言われていたし、その通りだと思っていた。嫌だと感じたことは一度もない。けれども、それは決まりなのだった。嬉しく思います、と答えることは。灌頂は、そう答えることにより、はじめて許されるのだった。

朦朧《もうろう》とした彼の意識は、ふと戻りそうになる。それ以前、の世界へ。この金色の世界から、灰色と青とのあの景色へ。馬の足で一日がかりの、隣の集落の景色。けれどもそれは、音の波に呑まれ、たちまち消えていってしまう。経文の言葉よりずっと不確かな、どこかで聞いた昔話のように、手のひらをすり抜けてしまう。

そうして彼もまた声を張る。いまだ変声期を抜けきらない、かすれがちの、頼りない声だ。よく磨かれた古い楽器のような、兄僧たちの声にあわせると、彼自身の声はどこへいったのかわからなくなってしまう。

やがて、高い天井から空へ、音はまっすぐに抜けていく。

僧侶たちはひらいた喉を閉じる。身体を床に擦りつけるようにして、礼をし、部屋を去っていく。輝く千の灯明のなかに、彼はひとりで残される。

僧院はそんなふうにして、続いてきたのだろうか。

階段をのぼりながら、彼は思う。成長期の脚は細く、あしうらはときに傷つきやすく、長い階段はひどく疲れさせる。だが僧院の建物は、階段だらけである。天井の高い空間と空間とを繋ぐのは階段だ。

一段ごとの高さは低い。ゆったりと床に引き摺るほどの、長い僧衣をまとった足でも躓《つまず》かぬよう、そのように低く作られている。僧院ができたのは、さかのぼることも困難なほど古い時代のことである。そのような昔から、僧院に住まうひとびとは、こうした衣を着ていたのだ。

いったいどれほどの足が、長い僧衣をまとった足がこの階段を踏んでいったのか。磨《す》り減ってなめらかになり、ふちがまるくなってともすれば踏み外しそうな階段をのぼりながら、彼は思う。おびただしい数のそれらの僧と、彼自身とどれだけ違うのだろう。きっと、幾らも違わない。というかまるで違わない。そして現在この僧院に住まう、幾人とも知れない兄僧たちともきっとほとんど違わない。

自分は母から生まれたのではなく、それら多くの僧たちから、いつの間にか増えてしまったひとりのように感じられる。日に焼けた腕と黒くちいさな目、白い歯を持つ兄僧たちの、互いを互いと区別しがたい夢の集合体のなかから、ふと枝分かれして生まれ出《い》でた、古い株からむかごのように発生した何かのように感じる。そして雌雄の生殖によるのではなく分裂によってできたからには、彼自身とそれ以前の者たちを区別する要素はないに等しく、ということはつまり彼はもう、何年も何十年も何百年も以前から、くりかえしくりかえし、この階段をのぼり降りしているということになるのではないか。

顔をあげると、あちら側から降りてくる僧がいる。逆光で、顔はよく見えない。

——tashi delek.

――……tashi delek.

挨拶の言葉に応えて返す。一瞬ですれ違い、僧は階段を降りていく。いましがた彼がのぼってきたばかりの階段を。わずかに高くかすれた声が、彼の耳に残っている。振り返って見ると、まるい頭を支える首はいまだ細く、背中も痩せているようだ。あのような僧が、この僧院にいただろうか。いや、ここにいるのは兄僧ばかり、彼がもっとも年若い僧であったはずである。では、あれは誰なのか。

蒼穹《そうきゆう》の、青さが増した気がした。目眩《めまい》がした。

気づくと彼は、いつの間にか階段を降りている。もうずっと以前から、ただひたすら降り続けていたかのように。細い首に手をやり、確かめる。もう振り返ることはしない。後ろにも、また目の前にも、誰もいないことはわかっている。

魔が差す、ということがあるらしい。

夕べの食事を終えたあと、みなで牛酪の灯火を囲み、牛酪を溶かし込んだ茶の碗を手にしながら、とりとめのない話をするとき、ひとりの兄僧がそんなことを言った。長く写本を続けていると、踏み間違うことがある。たとえば、これはもっと東のほうの土地、動物を狩りに山に入る風習のある土地の話だが、たとえば狩人が弓矢を持ち、獲物を求めてさまよう。何年も何年も、そのようなことを生計《たつき》としてきた、熟練した狩人である。木々のあいだを縫うように、獲物を探して歩いていく。だがその日に限って何も見つからない。手ぶらで帰るわけにもいかないから、ふだんは来ないような道を、深く、深く、分け入っていく。長年続けてきたことだ、勘には自信がある。

ふいに木々のならびが途切れ、なだらかな丘が広がった。そうしてその丘の中央に、一頭のとても見事な鹿が、すっくりと首を伸ばし、座っているのを目にした。そのあまりの見事さに、狩人はつかのま気圧《けお》された。だがすぐにはっとして、矢をつがえ、まっすぐの首もと目がけて射かけた。けれども鹿はびくともしない。ふたたび、みたびと射てもおなじ。鹿は悠々と座っている。

焦りをおぼえた狩人は、隠れていた茂みから出て、鹿のほうへと近づいた。ところがどんなに進んでも、鹿のいるところへ追いつかない。それはじつは鹿ではなく、遠くにある大岩だった。狩人は家に帰ると、そのまま床についてしまった。そうして、その後は狩りをやめた。

兄僧は話し終えると、牛酪の茶をもう一杯飲んだ。つまりそのようなことが、経を写し、経を読み、経を解釈するということにおいても起こるのだと言った。ときおり何の理由もなしに、ふと僧侶をやめてしまう者がいるが、それはつまりそういうことなのだと。

それはつまりどういうことなのか、彼にはよくわからなかった。経文のなかの何かの一節を、まったく間違えたふうに解釈するということだろうか。それともどこかの一語で、まったく意味が逆になるような写し字違いをすることだろうか。

解釈を間違えるようなことなら、彼には毎日のことであるし、そもそも正しい解釈などは滅多なことでは得られない。写し字の間違いについていえば、それはあってはならぬこととされているが、事実上容認されている。真面目に仕事に取り組んでいて、なおかつ写し字違いをすることは、よりおおきな摂理からの意志、あるいは目配せがそこに入り込んだものとされ、むしろ僥倖《ぎょうこう》と考えられている。

ただ、それは純粋な間違いでなければならない。手前勝手に書き替えるようなことは言語道断だ。ひとえに、自然発生的な、うっかりした、万にひとつの間違いこそが、分裂により単調な増殖をくりかえす書物たちにおいて、生物における突然変異のごとき役割をするのである。湖に何十年かに一度、一滴だけ落ちる雨のしずくのように、書物の血統を豊かにする。ひいてはこの世界を豊かにする。

したがって、解釈違いや写し字違いのようなことで、いちいち魔が差したり僧侶をやめたりしていては、身が持たないというものだった。

では、それはつまりどういうことなのか。兄僧に問おうとしたけれども、灯火を囲んだ車座の、話題はすでにべつのことに移ってしまっていた。先だっての遊行で宿を借りた、途中の集落の話だった。話し声はふと低く、彼はそこから閉めだされてしまう。年若い彼はまだ、そうした遊行に加わることができない。

魔が差す、の話をした年上の僧は、眠たげに目を閉じていた。彼は黙っていることにした。いずれにしても兄僧というものは、教えたいことしか教えない、言いたいだけしか言わないのである。

地獄と、極楽と。色鮮やかな神々の、体現するその世界。青、白、赤、緑、黄の色。あるいはそれらの色どうしを掛けあわせてできたべつの色、またさらにはそうしてできた色どうしをさらに掛けあわせた、数え切れないほどの色のある、極彩色のその世界。けれども、地獄も、極楽も、あるのは壁画のなかではなくて、その外なのではないだろうか。絵とは、すなわち窓である。僧院とその周辺より外へ、彼は長いこと出ていなかった。

回廊を、彼は歩いていた。右へ、右へ、また右へ。四つの答えで折りたたまれる、問答に似た夜の回廊。辿りながら彼は、こうした問答とは違った問いを、持っていたことがあると思った。ここに来る以前のこと、ずっと幼いころのことだ。それもまた、答えを得ることのない類いの問いだった。

馬の足で一日、ひとの足で七日かかる集落にいたころ、彼にはわからないことがたくさんあった。朝早くから起き、土間を掃き、埃を払う母の後ろを、ついて歩いては尋ねた。——五色の旗を離れていく、文字から成る馬たちが、道を惑いもせずにあの広い、ただ青く何もない天空を駆けていくことができるのはなぜなのか。——ねじくれた角を持つ山羊たちが、切りたった丘をああも自在にのぼり降りするさまは、ひとつの星からべつの星へと飛び移るかのようではないか。——雪蓮花《せつれんか》はあのような厚い産毛に覆われ、寒さを避けているようなのに、春ともなればどんな植物よりおおらかにひらかれて、内側を風にさらしてみせるのはどうしたことなのか。

その都度、母は忙しい手を止めて、息子の声に耳をすました。そして彼の目をじっと見て、満足げに頷き、頭を撫《な》でた。それでよい、というのだった。そんなにも難しい質問を、つぎからつぎとすることができるとは、たいそうよい僧になるに違いない。

それが母の反応であった。母にとって、問いとは答えを返すものではない。問いとは、ただ諾《うべな》うもの。息子のうちの僧侶の資質を、ただ誇るためのものであった。

答えが得られない彼は、父に問いかけることにした。朝に母へ尋ねた問いを、夕べに父へくりかえすのだ。一日羊を追ったあとで、父はひどく疲れていた。裸麦の粉を捏ねた団子を食し、獣《yak》の乳から作った酒をおなじ碗に注いで飲んだあとでは、もう口も利けないのだった。彼は躊躇《ためら》いながらも、遠慮がちに尋ねた。尋ねることはよいことだと、尋ねることがあるときはとかく尋ねるのがよいと、つねづね母に奨《すす》められ、しかもその母からは答えの得られたためしがないのだから、仕方ない。

つぶつぶとした彼のちいさな声に、父は首を傾けていた。やがてしばらく黙っていてから、お前の言うことはわからないよ、と答えるのだった。そうして彼の頭を、母のよりも分厚い手で撫でて、もう寝てよいかね、と言った。父の目はどこか悲しそうで、と同時に、とても穏やかだった。yakによく似た目であった。山脈のような背と、湖の底のような目をした獣の、その目に似ていると彼は思った。

いつしか彼は、父母に問いを投げかけることをしなくなった。野原で出会ったきょうだいたち、灌木の切れの弟と、石ころの頭の妹に、投げかけるようになった。

木切れの弟も石の妹も、問いに答えることはできなかったけれど、一緒に考えることはしてくれた。いつでも彼とともに考え、ときにはあらたな問いをたてた。――文字から成る馬たちが、ああして空へ駆けていってからも、五色の旗は空っぽにはならずにやはり文字たちが住んでいる。旗とは、文字とは、書物とは、そこから出ていくものがあってもなお、変わらずに書物であり、変わらずに文字であるのはどうしたことなのか。――ねじくれた角を持つ山羊たちは、切りたった丘をのぼり降りするのに夢中で、岩を蹴ちらし、石を跳ねとばす。そのようにも無頓着であるのに、岩陰に咲く雪蓮花だけはけっして傷めることがないのは、不思議なことではないだろうか。

それは答えではなかったけれど、やりとりには違いなかった。集落の子どもたちが、投げては遊ぶ鞠《まり》に似ていた。彼がひとつを投げてやると、べつのひとつが返ってくる。

ひとつの問いがべつの問いを生み、それがまたべつの問いを生んで、ぐるりと一巡してまたもとのおなじ問いに戻ってくることもままあった。するときょうだいたちは笑い、彼もまた笑うのだった。綿毛をつけた何かの植物が、風に揺れて種子を飛ばした。

そのように遊んで、飽きることがなかった。日が暮れるまで、彼は野原ですごした。

集落を出てくるとき、弟に何を言ったのだったか。妹に、別れの言葉をきちんと告げてきただろうか。

投げられた最後の鞠を、彼は受け取らなかった気がした。野原に忘れ物をしたようだった。置いてきたものたちのことが、にわかに気に懸かりだした。

四度めの角を曲がったとき、そこには漠とした暗闇でなく、ひとりの子どもの姿があった。妹、と彼は思った。それは石ころではなくて、しょうしんしょうめい人間の娘だったが、石の妹があの集落に、彼の母である女の腹に転生したのだという気がした。生まれて育ち、馬の足で一日、ひとの足なら七日かかる道のりを、兄に会うためやってきたのだという気がしたのだった。

年のころは幾つくらいだろう。背丈は彼の半分しかない。髪をふたつの太い三つ編みにして、どんな果実よりも赤く熟れた頰で、はにかんだ笑みを浮かべている。牛酪の暗い灯火のなかでも、頰の色と表情が見てとれた。そのときになってようやく彼は、僧院には女の立ち入りが、たとえ幼い者であっても、禁じられていることに思いあたった。

彼は少女に、彼の知っている言葉で話しかけた。まず僧院でふだん使う言葉で、つぎに彼の生まれた集落の方言で。けれどもどちらに対しても、少女はただ首を振るのだった。

この子は、言葉がわからないのだろうか。書き言葉がわからないことはあるにせよ、話し言葉がわからない、というのはいかなることだろうか。彼は不安に駆られた。言葉が、行き渡っていないのではないか。自分たちの勤めが足りないから、自分たちに怠りがあるから、この子がどこから来たにせよ、その場所まで言葉が正しく行き渡らなかったのではないか。

むろん彼にしても兄僧たちにしても、怠っていたつもりはなかった。日々割りあてられただけの、文字を書き写し、文字を読みあげた。日々割りあてられただけの、言葉を宙へ解きはなった。だが、それでは足りないのだろうか。この世を構成する砂の、絶対量が足りなくなっているのか。世界が膨張の速度を増していて、これまでのような按配《あんばい》では追いつかなくなっているのか。追いつかなかったその部分が、欠けて崩れて不完全になりつつあるのではないか。

彼はいまいちど少女を見た。黒ずんだ衣服はあちこち擦り切れて、履き物からのぞく足はひどく寒々しかった。この子に、暖を取らせなければ。しかし夜である。炊事場はもう火を落としているから、熱い茶を飲ませることもできない。

彼が経を書き写す、あのちいさな部屋であれば、ささやかながらも獣の糞を燃やす炉がある。しかしただでさえ禁じられている女人を、経文の山と積まれた部屋に入れてよいものか。

灯明の炎が揺らいだ。脂が残り少ないのだ。

少女のまなざしが、ゆがんだようだった。つかのま、影が薄くなった。

魔が差すという言いまわしが、彼をよぎっていった。あるいはこの少女は、その魔というようなものなのかもしれない。かつて兄僧の話していたもの、山中にふいに幻視する鹿のようなものなのかもしれない。言葉と文字に倦《う》み疲れた目に、映じる残像なのかもしれない。残像。かつて彼のいた世界の。

短く経文を唱えると、彼はついてくるよう身振りで示した。そして来たときとは反対に、回廊を歩いて戻っていった。

灯明のあかりが、怒れる神々を左手に照らし出す。回廊を左向きに戻ることは、彼にははじめてのことだった。

急ぎがちな足を止め、振り返った。すると少女はこころなしか、先ほどより背丈が縮んで見えた。重心が前にかかっている。俯き加減であるようでも、身体の移動に足の移動がついてこないかのようでもあった。あしうらがつめたいのか、つま先からのめるように歩いている。ねずみのようにちいさな歩幅であった。

彼はそれにあわせるように、幾らか歩みを遅らせた。だが少女のほうでは、いっこう追いついてこないのだった。懸命に歩いているのに、いっこう進まないらしかった。歩けば歩くほどその距離が、細かく区切られ幾らにも増えていくようであった。彼は立ち止まり、やがて戻って、少女のかたわらに座り込んだ。日焼けし、垢染《あか》みた顔のまんなかで、ふたつの目が彼を見ていた。上目遣いのまなざしからは、はじめの笑みは疾《と》うに消えて、怯《おび》えの色が浮かんでいた。

幼な子の扱いというものを、彼は心得なかった。しかし彼自身そうであったころ、父母のしてくれたことを思い出し、この妹かもしれない少女の手を、自分の手に取ってやろうとした。そうしてはじめて、少女の両手がきつくこぶしに握られていることに気がついた。

彼の指先が甲に触れると、少女は怖々といったていで、握りしめていた手をゆるめていった。何かが、たとえば砂が、こぼれ落ちることを予想した。けれども、そうはならなかった。何もこぼれ落ちはしなかった。ただ、手のひらが真っ赤だった。

つかのま血のように見えたけれど、長いこと握って血管が締めつけられていたために、そんな色になったのだ。やがて通常の肌色になった。肌色の手のひらには、何も隠れてはいなかった。何も隠してはいない手のひらを、なぜこぶしに握っていたのだろう。

彼は自身の右手を、一度、二度、ひらいては閉じた。約束のことを思い出した。あの集落の子どもだったころ、事象とのあいだに取り交わした約束、手のひらに握りしめた名前のことを思った。

砂の音が聞こえてきた。僧院の外を流れていく砂たちの音だった。馴れたその音を聞くうちに、胸の騒ぎをおぼえた。彼は少女の手を取った。立ちあがり、回廊の脇道へ入っていった。経文の積まれた小部屋ではなく、外階段へ通じる廊下だった。

空は群青色をしていた。繋ぐことでかたちをあらわす無数の星たちが、天蓋にうがたれたちいさな穴のようにそこへ散らばっていた。風がずいぶん吹くらしく、砂の音が騒がしくなった。風は、なまぬるかった。

敷居をまたぎ、出ようとする彼に、少女は激しく首を振った。目の表情が、またゆがんでいた。無理に手を引くことはせず、隣へ座り、視線をあわせた。

彼はふたたび少女に話しかけた。何があったのか、何ゆえここに来たのか。ひとりで来たのか、何ゆえひとりなのか。僧院で使われる言葉で、生まれた集落の方言で、それからつぎに、Amdo の方言、Kham の方言でも話しかけた。知っている限りのあらゆる言葉、方言で話しかけた。幾通りもの言いまわしで。焦燥のようなものに駆りたてられていた。

けれどもどの地方の言葉にも、少女はただ首を振った。そして敷居を越えていくことを、頑なに拒むのだった。彼は気がついた。この少女は、言葉を知らないのではない。口が利けない。声が出ないのだ。

階段の下のほうから、砂の駆けあがってくる気配がした。裸足のあしに砂が打ちつける。僧院とその周辺より遠くを、彼は長いこと知らずにいた。よその土地で、何が起きているのか。僧院の外で何が起きているのか。

何かが、起きているのは確かだった。少女がそこから逃げねばならなかった、何かが起きているらしかった。

あらためて少女を見た。灯明をかざしながら、ちいさな炎が風に消えぬよう、片手で覆うようにして。彼のうちまもるその顔は、口を、おおきく開けていた。ひらいた喉のその奥は、深い亀裂があいていた。真っ暗な裂傷であった。耳には聞こえない叫びが、その隙間から漏れていた。耳には聞こえないけれども、目には見ることができた。空を駆けていく文字の馬たちを、見ることができる彼の目には。

その声に促され、振り返った。

遠い地平の向こう側が青白く燃えていた。ほんとうに燃えているのか、あるいは暗がりに馴れた目に見える、まぼろしにすぎないのか。彼にはわからなかった。砂たちが騒いでいた。よい砂と、悪い砂。こうしているあいだにも、世界は端から欠けていく。風の吹くたびに崩れていく。

少女は声を絞りながら、ふたたび両手を握りしめた。今度は、こぶしにではなくて、彼の僧衣を摑んで握った。海老茶色の衣を引き裂くようにも、すがるようにも感じられた。

彼は身じろぎもできずにいた。

やがて、声は彼方へと消えた。

あけの明星が輝きはじめた。

Jiufenの村は九つぶん

Jiufenの村は九つぶん。何を買うのも九つの包みで買う。九つだけの家が建っている。九つだけの村である。

土地には雨が降っていた。瀝青《れきせい》を塗った黒い屋根に、shitoshitoとbarabarabaraと、音をたてて落ちてくる。屋根の下では飯を食っている。しとしとと、しょうしょうと、しょうぜんと静かに箸を動かし。

櫃《ひつ》から冷えた飯を盛り、鍋から煮すぎた汁を掬う。黍飯《きびめし》と甘藷《かんしょ》の葉の汁、それに海苔だけの少ない膳である。居間などというものはなく、そもそも部屋というものはなくて、台所になった土間のわきに筵《むしろ》を敷いて座っている。

それからまた家の外でも、食べている者がいる。ひさしに入って雨をよけ、椀を手にして座っている。雨に騒ぐ鳥の声に耳をすませ、ひとり無言で食べている。椀のなかの汁と、それからときどき、濡れてひかっている石や草などを口に入れてみる。

筵に座っている者たちもまた無言で食べている。誰もがひさしの下の者のことを思っている。だが口に出す者はいない。出したとしても、言葉は発せられたとたん地に落ちて、羽虫の死骸と区別がつかなくなってしまう。みな、そのことをよく知っていて、あえて話したりはしない。

家のなかにいるのは三人である。おとなが二人と子どもがひとり。子どもは十に足りない娘で、娘は雨が嫌いだった。雨が降ると鼻先がくすくすするし、あのひとは外に行ってしまう。どうしてあんなことをするんだろう。嫌がらせだろうかと思う。

あのひと、というのはひさしの下の者で、女で、娘の姉であった。たぶん姉なのであった。母親のように思うこともある。自分の右隣で冷えた黍飯を食う、背中の曲がったちいさな女は、祖母のようにも思えるし、となると残るのはあのひとだけだが、すると今度は若すぎると思うのだった。雨が降るといろいろのことがわからなくなる。そうして、ここはいつも雨が降っている。

汁のなかの甘藷はどろどろになっていた。葉っぱも茎も見分けがつかない。この土地は地面が薄いから、甘藷を植えてもあまり芋が生《な》らない。葉と茎ばかりを食している。烏賊《いか》が食いたい、と娘は思う。硬くても生臭くても構わない、肉質のものに歯を立てたい。それがこの汁ときたら。なぜこんなに煮るのだろう。これでは、味もなにもあったものではない。

――なぜこんなに煮るのだ。

正面に座る男が、ふと言う。ちちおや、と娘は思う。しょうしょうとした雨の彼方からその言葉が歩いてくる。すると右隣に座った女が、すみませんねと口のなかで言う。ひどくちいさな声なので、言葉というより口腔で嚙《か》まれた芋の茎の音かもしれなかったが、とにかくそれでこちらの女が母だということがわかった。

父は母の返事を聞きのがし、さらに黍飯を嚙み続けた。

姉はいつからああなのか。娘の記憶のなかの姉は、いつでも髪を編んでいた。長くしてまんなかで分けて、それぞれを先のほうまできっちり、工芸品のように編んでいる。もっとも古い記憶は娘が三つか四つのころで、姉は十五か六だった。そろそろ三つ編みはやめて、ただまっすぐに梳《す》きながしていたり、束ねて何気なくしておくほうが相応しいような年齢なのに、頑として三つ編みをやめないのだった。病人のように細く白い指で端まで編まれたその髪に、執念のようなものを感じて怖く、妹である娘のほうは髪を伸ばさずにおいた。垂髪にして肩で切り揃えていた。

ひさしの下にいるとき以外は、三つ編みの姉は二階にいる。この村にはめずらしく、九戸の家のうちでたったひとつ、二階があるのだった。

このあたりの家々は、ひじょうに独特な技法によって建築されている。石を組んで作った壁に、木で骨組みをして、針金を渡したところにfeltで屋根を葺《ふ》く。布の屋根なので水が漏らぬように、瀝青《coal tar》を塗りつける。家々は、だから上から見ると真っ黒な屋根をかぶっている。雨の多い所がら、瀝青はこまめに塗り替える。

shito、shito、と雨が漏る。母は見ぬふりをしている。父は仕事へ出掛けていった。水は屋根の弱いところにゆっくりと集まって、自身の重みに耐えられなくなると、やがて錘《すい》のかたちになり、細くまっすぐに床を打つ。つぎの乾期がやってきたら、念入りに塗り直さねばならない。

天井の水の漏る地点から少し離れたあたりに、姉が座り込んでいる。二階といっても半二階で、高めの屋根の下におおきめの棚を作って座っているようなものだ。それでも二階のあるというのが自慢で、その家は二階屋の家と呼ばれていた。

座り込んだ姉は、髪を広げている。つやつやと丈夫で黒く、三つ編みをほどいたその姿は尾羽を広げる孔雀《くじゃく》のようだ。からまったところをていねいに、指でひとつひとつほぐしていく。それから木の実の油をつけて、また一から編み直すのだった。身体のうちでもっとも優美なこの部位を、そう簡単に外で広げてなるものかと思っている。いつかほんとうの恋人があらわれたらそのひとにだけ見せるのだと、頑なに思っているのだった。

もったいをつけて、阿呆《あほう》だと、父も母も言っていたし、妹である娘も思っていた。父母はそれで、姉を二階に押し込めてしまったのだ。だが本人は平気でいた。歩くのが遅い姉でもあった。二年ほど前のことだったか、分岐路の家のおばさんが死んだ。おばさんはおじさんと二人暮らしで、子どもはなく、二階屋の家の姉妹もずいぶんと可愛がってもらった。分岐路にはbanana畑があった。村のどこで採れるよりも、甘くじゅうじつした果実をつけた。いつでも好きなだけbananaをくれた。そのおばさんがとうとう死んだ。

冥界からの魔物を祓《はら》うため、BuuKABuuKAと騒々しく打楽器管楽器を鳴らし、練り歩く葬儀の列から、姉はひとり遅れて、はぐれてしまった。青々と茂る夏草の原で、赤や黄色の衣装をまとい、道のない道をゆく葬列からはぐれるのは縁起のいいことでなかった。青い野原はしんとして、みなでかたまっていなければ、魔物につけいられる恐れがある。

胸騒ぎのした妹は、やはり葬式の列を離れて姉を捜しにいった。すると分岐路の家の、壊れかけた石塀に姉は座り込んでいた。そばの木から取った茱萸《ぐみ》の実を、ずっと噛んでいたらしかった。

おばさんはこの姉のことを、いちばん可愛がっていた。べっこうの櫛《くし》もくれたし、髪油も上等なのをくれた。可愛い、可愛いと言った。泣きもせず、葬式からもはずれてしまい、茱萸をねぶっていた姉を、みな薄情だと言った。あんなに大事にされたのに、薄情だと。

でもそれ以来、姉はますますひさしの下で食事を取るようになってしまったし、茱萸をねぶっていたからといって悲しんでないとは限らないと、妹娘は思ったものだった。おばさんが死んでから、姉は誰からも可愛いと言ってはもらえなくなった。

身体がちいさいということは便利で、どこへでも行けるし、なんでも見られる。barabara、barrabarra の雨が、shoushou の細かな雨に変わってくると外へ出た。斜面に隠れるように据えられた家から、青草を踏んで丘をまわりこんでいく。やがて石段が見えてくる。それから遠くに、海も。この土地では颱風《taifeng》を避けるため、見晴らしのよい海の側には家を建てないのであった。燦々《さんさん》と陽のあたる斜面にあるのは道と、墓ばかりである。

だがこんな雨のときには、こちら側にも陽はあたらない。山と山とのあいだにあって、海は、勝手な生きものみたいに grr、grr と動いている。口の端に泡を吹いて、鎖に繋がれた犬のよう。ここまでは来られまい。村の丘から麓までは、ほとんど垂直な斜面である。taifeng の季節は海も近くなるが、それはまだ先のことだった。

道はすべての道に通じ、すべての家を結んでいる。娘の踏んでいる石段は大切な公道だ。petta-petta と裸足で降りる。ゆっくり、それからだんだん速く。分岐路の家の前をすぎると今度は上り坂である。先には岩陰の家がある。

神さまを彫り出せそうなほど巨大な岩に守られるように、作られた家だった。若い夫婦が住んでいた。夫は漁撈《ぎょろう》をするために長の出稼ぎに行ったのだったが、先ごろ不意に帰ってきた。いや、帰ってきたのではないのか。どちらなのだろう、娘にはわからない。考えると鼻がくすくすするし、ひとに訊こうにもうまく話せないから、黙ってときどき見にいくのだった。漁撈に出たら、taifeng のころまで帰らないのがふつうである。事故か何かあったのか。覗き見するのは悪いことだからやめておこうかと思うけれど、じっとしていると気になって、また鼻がくすくすするのだった。

岩陰の家の女は働き者で、家の周囲には甘藷の畑がずらりと広がっていた。紫がかった緑の葉が規則正しくならび、聞き分けのよい子どもたちのようにいっせいに雨を受けている。あれくらい茎が太ければ、よい芋の生るのもあるだろう。先ほど食べたばかりなのに、娘はまた空腹をおぼえた。これより近づくと、芋泥棒かと思われる。柵のこちらへ、少し離れて座った。

やがて亭主が出てきた。娘は姿勢は低くしたまま、目だけをいっぱいに見張る。着物の裾が露に濡れて、ふくらはぎがくすぐったい。睫毛に溜まった水を払い、けんめいに焦点を絞る。戸口には女房がいて、弁当の包みを渡している。亭主は顔じゅう髭に覆われて、表情もよくわからない。あんなだったろうか、どうだろうか。ああだったような気もするし、違うような気もする。漁撈に出るうち変わってしまったのか。それとも雨が降るせいで、ものごとがゆがんで見えるのか。

shoushou の雨はものの見え方を変えてしまうから気をつけなさいと、峠向こうの婆さんがむかし言った。barabara の雨ならそもそも何も見えない、shitoshito、shoushou の雨だとなまじ見えてしまうから、でもそこで見えるのは紗のかかった世界、そのままのそのものではない。また見え方が変わったままでいると、ものの成り立ちそのものまでも、いつか変わってしまうことがある。婆さんはそんなふうに言った。そうしてこの雨は何日も、ずっと降り続いている。

娘は目が痛くなってきたので、目蓋の上から goshgosh と擦《こす》り、うつむいて今度は地面を眺めた。泥にまみれたふくらはぎのあいだを雨水が流れていく。草をなぎ倒し蛙の子を流し。おしっこみたいだ、と思う。

だがことの次第はこうだった。何も雨のせいなどではない。

亭主が出掛けて留守のあいだ、女房は甘藷の世話をしたり、古着を端から縫い直したり、あたらしい着物の仕立てをほかの家から請け負ったり、何かと仕事を見つけては、日々をくるくるとすごしていた。

それでもひとり住まいというのは、二人よりはるかに暇なのだった。閑居するということに、女は馴れていなかった。谷間の家の主婦のところへ行っても、茶飲み話をして座っているのが、楽しみというより苦痛なのだった。

谷間の家の主婦はいつでも話すことがある。とりわけて湿気の多い家だから、屋根のfeltがすぐめくれてきてしまうし、蟻の子のようにぞろぞろといる子どもたちの話題にも事欠かない。半分がた愚痴なのだが、長々とこぼすわりにはさして困るようにも見えないと、岩陰の家の女は思う。そんな愚痴など言う暇があったら、そのあいだに、あの屋根を針金で留め、栄養不良の三つ子の中子に乳をやり、井戸水を汲みにいけるではないか。そう、こんなことをしている間に。思うともう尻がむずむずしてくる。せっかく出してくれた茶も美味くない。岩陰の家の女が黙っていると、谷間の家の主婦はしまいに、あんたとこは子どももないし、亭主も留守で、いいよね、と言う。

だんだん居心地悪くなり、谷間の家にも行かなくなった。ひとり居の時間はますます増えた。有益に使いたい、と女は思い、海苔の当番をすることにした。

海苔の当番というのは、海まで降りて村ぜんいんぶんの海苔を採りにいくことで、九つの家が持ちまわりでしていた。すぐそこに見えているとはいえ、海は切り立った斜面のはるか下だし、行って帰るだけでもいちにち仕事だ。それも日帰りできればまだよいほうで、海苔は海に入って採らねばならぬから、なかなか収獲があがらない日は泊まりがけになることもある。

体力を使う仕事であり、分岐路の家の男やもめや、峠向こうの家の老人などは、とてもでないけどできない。だから年若い者が持ちまわりでやるのだが、暇を持てあました岩陰の家の女はすすんでそれを引き受けた。

ある日も女は当番をした。海沿いには海沿いの村があり、日によってはそこから魚もあがなう。芋の葉と交換することもある。魚は九つの包みに分けてもらい、九つの家に配って歩く。

Shuinandong や Badouzi といった漁村がそうで、女はおもに Shuinandong に行くことが多かった。なぜか知らないけど Shuinandong では、海がまだらの色をしていることがある。晴れていれば水色の浅瀬に、鮮やかな黄色の色素が混じる。陰陽海、とそれは呼ばれ、恐れられ、崇《あが》められていた。

ひとの多く住む集落は、もっと切り立った場所にある。ごつごつとした地面にそれでも草が生え、高い木も育ち、家々を隠している。そして陰陽でないふつうの海が、集落の間近に迫っている。このようなところに家を作り、よく taifeng で壊れないものだと女は感心してしまう。するとShuinandong の漁師は、波さえ避けていれば大事ない、いただきにあるあんたの村のほうが、風が吹くから苦労だろう、と言う。

ただ船は隠しておかねばならないと、付けくわえるそばからもう波が、堪《こら》え性のない生きもののように、爪をひけらかす虎のように四肢を伸ばして脅してくる。女は漁撈に出た夫を思った。遠い海を思い、遠くなった。

わたしの男も船で出ていると、ふと漁師に告げてみた。漁師は、そうかねと言って、貫頭衣を着た女の足の先から胸許までを眺めまわすと、烏賊の干したのを包みにかかった。気のせいかもしれないが、わざとゆっくりにするように思えた。海苔を採ってきたあとだったので、女の踝《くるぶし》はまだ濡れていた。

漁師は九つの包みを行李に入れ、女が背に担ぐのを助けてから、生け簀《す》に手を突っ込み、鮑《あわび》のおおきいのを取りだして、荷物のてっぺんに置いた。女が何か言おうとすると、ただ目配せをした。

帰り道は、いつも往きより長い。荷を負って、重力にさからって登っていくのは難儀である。朝早くに出たのに、村へ帰るころにはようよう陽も傾いている。雨はまだもう少し先で、褪《あ》せかかった群青の薄い空を、宝石みたいな羽根をふるわせて瑠璃鶲《るりびたき》が横切っていく。翳りはじめた山百合の、白を踏まぬようによけて歩く。分岐路の家のはるか手前で、疲れて、石の上に腰掛ける。あの漁師の目配せがちらついた。すると疲れはさらに募った。

岩陰の家に入り、汲み置きの水を柄杓《ひしゃく》に一杯ぶん掬った。ひとくち飲み、残りで手と顔を洗う。行李の荷を出そうと座り込んだとき、長持の陰から何かがあらわれ、女の口を塞ぎ、手を押さえつけた。そのまま好きなようにしてしまった。

何が起こったのかよくわからなかった。出てきたのも、はじめは熊だと思った。確かに熊に似ていたが、でもそれは男だった。女は吃驚《びっくり》したのと悲しいのとで、座り込んでしばらく泣いていた。しょうしょうと降る雨のような、静かでじとじとした泣き方だった。男は水を一杯飲むと、女の横に座り、頭を撫でた。そして何くれとなく慰めごとを言った。女はろくに理解しなかったが、その声が耳に心地よく、だんだん穏やかな気持ちになった。穏やかに、しとしとと泣いた。やがてなぜ泣くのかもわからなくなった。

爾来《じらい》その男は家に居ついた。腕力があってよく働き、畑に邪魔な岩があれば退《ど》けたので、耕地はますます広がった。家の壁も頑丈に補強して、瀝青の剝げたところは塗り直した。見たことのない男だった。むろん村の人間ではないし、Badouzi や Shuinandong の者でもなさそうだった。どこから来たのかわからない。少ないが荷物を持っていて、毛織のあたたかい上着もあった。夜になると、二人でそれをかぶって寝た。

何か間違っているような気もしたけれど、とにかくすることができたので、女の日々は落ち着きを取り戻した。世話を焼く相手ができてほっとした。亭主にしてやるのと変わらなかった。弁当を作って送り出し、洗濯をして食事を作る。服の破れたのは繕ってやる。日暮れて男が帰ってくると、酒を出し、烏賊の焼いたのを出して、隣で酌をしてやる。酒は芋焼酎である。

昼の仕事で疲れるためか、男は三杯もほすと横になってしまう。その場でいびきをかきはじめる。地べたで寝ては風邪をひく、せめて布団で寝るようにと、半ば引き摺るように起こし、寝床へ就かせる。

その寝顔を眺め、片づけをしながら、自分はもう何年も以前から、こんなことをしてきたと女は思う。男が酔ってその場で寝てしまうのもおなじ、布団に引っ張っていくのもおなじ、おなじ間合いでおなじ台詞を掛ける。もとの亭主が船に乗ったのが、はるかむかしのことに思えた。おなじことを、繰りかえしている。そのことに気がついて、女は自分を天性の女房だと、いついかなるときでも男の世話をできる、主婦の鑑《かがみ》のようだと思った。

岩陰の家で起きていたのは、おおむねそんなことだったのだが、二階屋の家の妹娘には知るよしもないことだった。甘藷のあいだから家を覗きながら、今日も娘は首をひねり、飽きると shoushou の雨にまぎれて shoushou とおしっこをした。

そんな娘から少し離れたところに、おなじように家を覗き見る、もうひとつの影があった。

taifeng の季節よりずっと前に、岩陰の家の亭主は海からあがっていたのだった。遠洋へと漁撈に向かうはずの船に欠陥が見つかって、致命的な瑕疵《かし》ではなかったものの、何かあってはならぬことと、大事を取り、港へ引き返してきたのだ。

船の修繕にはまだ日が掛かる、乗っていたぶんの賃金はやるからおのおのいったん帰宅すべしとの命がくだり、岩陰の家の亭主もBadouziの港町より帰ってきたのであった。

石段を登り、甘藷畑の端まで来たとき、懐かしい我が家から、ひとの出てくるのが見えた。顔じゅうに髭を生やした、熊のような男だった。続いて戸口から女房が出てきた。ふたことみことと言い交わし、男を送り出すらしかった。

熊男が山の方角に、自分の潜んでいるのとべつの方向に歩いていったのでほっとした。そして、なぜほっとするのか、と思った。一度引っ込んでいた女房がまた出てきた。三日月形の鎌を手にしている。甘藷畑の草を刈りながら、こっちへやってくる。男は慌てて、しゃがんだ姿勢のまま後じさり、手近な大岩の後ろへ隠れた。そしてなぜ隠れるのか、と思った。

大岩の陰に座ったまま、ここはほんとうにおれの家だろうかと考えた。自分は、家を間違えたのではないか。

戸口には見馴れない石が置かれていたし、壁も少々厚くなっているなど、記憶のなかの自分の家より幾分か立派になってはいるが、しかし海から石段を登りに登り、やっと辿りつくこの感じは紛いようもないものだったし、甘藷畑のぐるりにこしらえた些《いささ》か貧相な柵にしても、間違いなく自分の作ったものだった。女の持っていた鎌の三日月の刃、あれも確かに、自分が研いでやったものに違いなかった。

すぐに隠れてしまったために一瞬しか見えなかったが、あの女の、癇性《かんしょう》なほど痩せた、よく働く腕を見間違いようはなかった。そしてそれ以上に、娘らしさを残す、ふっくらと紅《あか》みのさす頰を見間違うはずはなかった。ではいったい、何が起きているのか。

そうやってしばらく隠れていると、女の出掛けていく気配がした。男は、まず首だけを岩陰から出し、谷のほうへと下っていく女の後ろ姿を見届けると、船旅の荷はそのまま残し、家のなかへと入ってみた。

果たして家具も間取りも何もかも、これ以上なく知ったものだった。見馴れない行李や毛織の上着など、幾つか不審なものはあったが、ここを他人の家だとする根拠にはならなかった。

男は筵へ座り込んだ。かつてよく座った位置だった。手持ち無沙汰に指で毟《むし》ったあとも、はっきりと残っている。懐かしさに涙が出そうになった。だが泣いている場合ではない。けんめいに頭をめぐらせて、成りゆきを整理することにした。

先ほどああして振る舞っていたのは、あの女の亭主のように見えた。だがあの女の亭主というものは、この自分以外にない。ということは、とかれは考えた――あの男はこのおれ自身なんだろうか。しかし、だが、そうなると、ここにこうして居てものを思っている、おれという存在はなんなのか?

頭が痛くなってきたので、筵へ仰向きになった。瀝青を塗った屋根の黒が、じんと目の底に沁みてくる。おれは、おれは、もしかして、あの男の幽霊なんだろうか。ほんとうは死んでいて、船は海原で転覆していて、おれがこうして帰ってきたのは、幽霊になったからなのか。そうして、あの熊のような男は、おれの生前の姿なのだろうか。となると、こうしてはいられなかった。男はすばやく家を出て、先ほどの岩の陰に戻った。幽霊とは、みだりに人前に姿を見せてはならぬものだ。ましてあの男はおれなのだから、自分の幽霊を見るのは縁起がよくない。見つかれば、殺されてしまうかもしれない。おや、しかしもう死んでいるなら、その不安はないのだろうか。

いずれにせよ家に戻ることのできない男は、岩陰の家の近くの岩に、隠れて暮らすことにした。岩陰の家の近くにはさまざまな岩がたくさんあり、ひさしのように突き出た部分を持った岩もあったので、男はそこで雨をよけ、生活することができた。当面の必需品も船旅の荷に入っていた。

そうしてかれは、生前の自分たるその男を、日々観察してすごすことにした。

姉娘もまた雨が嫌いだった。雨が降ると骨の芯までじっとりと湿り、つめたくなる。指の先から髪の毛の先まで何もかもが濡れてしまう。

二階の寝床に横たわった娘は、冴えた目と頭を持てあましていた。一階では父と母、妹娘がうっとうしいほどすこやかな寝息をたてている。眠れない、と思うともう、我慢がならず身体を起こした。二階といっても半二階、というか屋根裏、というか棚だ。その棚から両脚を宙へ垂らし、腰を掛けるような格好になった。踝が梯子にあたり、音をたてる。家ぜんたいがgigiと軋む。妹娘が寝返りを打ち、uuとちいさく唸った。

脚をそっと折りたたみ、ぶつけたところを手のひらで撫でる。それから包む。自分の体温が自分に伝わる。ha、と息をつく。呼気が湿った空気に道筋をつけ、やがて消える。

手のひらもふくらはぎも、夜目にしらじらと浮いて見える。母が怠け者の手足と呼んで、忌み嫌う手とふくらはぎだ。妬んでいるんだ、と娘は思う。自身も娘と称するような年齢は越えつつあり、ほんとうならばどこかへ縁づくのが相応しい頃合いなのだが。岩陰の家に起こったことを、この娘は知っていた。亭主が帰ってきたのでもなく、亭主の幽霊が居ついているのでもなくて、ただ余所《よそ》から余所の男が来て、住みついているだけだった。

枕許の物入れから、べっこうの櫛と鏡を取りだした。鏡は割れていた。顔を映してみるが、暗くて何も見えない。そこで鏡は放りだし、髪に櫛を通していった。寝ているあいだは、三つ編みにはしない。

毛先のからまったところをほどき、根元からもう一度梳いてゆく。扇形に広がる髪は上半身を覆い隠し、娘は自分で自分の巣に閉じ込められた蜘蛛《くも》のようだと思う。確かにまったくその通りであり、誰が遮っているわけでもないのに、自分はどこへも行けないと、ここに閉じ込められているのだという妄執めいた思い込みに、囚われているのがこの娘だった。高い塔の上の、長い髪の姫。何かそんなものと自分を間違えているのだった。

分岐路の家のおばさんのくれた櫛は、もとはおばさんの母親のもので、遠くKeelungの港で買った舶来の品らしかった。そのような年代ものなので、歯も二、三本欠けている。髪を梳くときには髪よりも櫛のほうに気を遣わねばならない。それでも娘は、透けるような飴色の地に花やら蝶やらを彫ったこの櫛を、何より気に入って大事にしていたし、だからそれで満足だった。

蜘蛛の糸を、ていねいにほぐしながら、娘は岩陰の家にあらわれた男のことを考えていた。あの男の夢を見ていたと思った。眠れずに目を閉じて、ただ仰向いているだけのとき、まなうらに浮かんでくる映像を夢と呼ぶべきかわからない。だが昼の意識に支配された想念とは確かに違い、それは夢の性質を持っている。とするならば、娘はこれで三日続けて男の夢を見たことになる。

男の姿をはじめて見たのは、三日前のことだった。岩陰の家をすぎたところに村のちいさな祠《ほこら》がある。二階屋の家の姉娘は、何かというとその祠を訪れ、頼みごとをするのがつねだった。その日も雨が降っていて、視界を古惚けた版画のように見せるshoushou

の雨滴のなか、祠にはpineappleが供えられていた。だいぶ日が経っているらしく、その実は熟しすぎて割れ、蟻の行列ができていた。

灰色の景色のなかで、目を欺くほど鮮やかな黄の果肉に、繊維の一条一条の奥にまで、黒々とした蟻の頭がjuiceを求めて這《は》い入っていく。口いっぱいに蜜を含み、果肉を引き裂き、戻ってくる。何百何千の黒い虫が、そのいとなみを繰りかえす。果肉は、されるままになっている。じっと見ていると、やがて自分がpineappleそのものになった気がする。わたしの身体はそこに横たわり、割れた肉のあらゆる隙間に蟻の頭が入り込む——。

背後で、草を踏む音がした。咄嗟《とっさ》に立ちあがり駆け去ろうとしたが、身体が痺れて動かない。長くしゃがみ込んでいた膝が、言うことを聞いてくれない。頭だけをまわして振り返ると、柴の束を抱え込んだ男が、娘を高みから見下ろしていた。

いかがたいのおおきい男であった。髪と髭とをたくさん生やし、このあたりでは見かけない者だった。何かされるかと身構えたが、二秒ほどそうして見ていたあと、男はさっさと行ってしまった。岩陰の家に入っていくようだった。娘はほっとすると同時に、何かひどい屈辱を受けた気がしたが、なぜそう感じるかはわからなかった。

その晩、男は夢に出た。夢で娘をじっと見ながら、pineappleを齧《かじ》っていた。つぎの晩も夢に出た。その晩の夢に出たのは、正確には野原をうろつく熊だったが、目覚めたあとで、娘はそれをあの男の象徴だと決めつけた。

そうしてまた、先ほども。これはひょっとしてもしかすると、話に聞くあの恋愛というやつなのではないだろうか。

shitoshito が、shito、shito になり、やがて shi・to・shi・to になっていく。雨が、やみつつあるのだった。

分岐路の家の男やもめは出掛けることにした。家のなかにはもう何ひとつ、食べるものがない。

食料がない、ということではない。黍も干物も芋の葉も、岩陰の家の女房をはじめ、何かと届けてくれるひとがいる。だが、食べたいと思わない。美味いと思えないのだった。

分岐路の家の死んだ女は、とりわけて料理が上手だった。料理といってもこんな土地のこと、さしたる幅もないのだが、そのなかでも芋を粉にして練って、小豆と煮たぜんざいとか、banana を揚げて作った菓子とか、ちょっとしたものだが女が作ると、何もかも美味かったのだ。

その女が死んで以来、男は異食をするようになった。食べ物らしい食べ物は、死んだ女の作るものには似つかないので腹が立つ。おなじ食べ物を名乗っているくせに、こうも違うのかと思う。そこで男は、とうてい食べ物とは思えないものを食べることにした。

だがそんな理屈を意識してはじめたわけではない。最初は、何気ない行為だった。谷間の家の女が玉葱を持ってきた。いったいに、谷間の家の女はよく肥え太っている。ことに湿気の多い日で、女の首筋には汗の粒がてんてんと浮いていた。

――また痩せたんでない。ちゃんと食べなさらんと。ねえ。おばちゃんも、安心できんよ。心配で墓から出てきてしまう。

女が喋ると首筋が動き、汗の粒がくっついて玉になる。重さを増しそのまま滑り落ち、つぎつぎ胸許に入っていく。この女の住む谷を作るふたつの丘を、女の両の乳房そのものだと男やもめは思うことがあった。高々と盛りあがるその丘の斜面に、自分たちは住んでいる。

――墓から出て、鬼になってしまうかもしれない。

声をひそめて顔を近づける。女の唇がぬるぬると動き、すぼめた口に鰯の匂いがする。おおかた昼にこっそり食べたのだろう。鬼か、と男はぼんやりと思う。未練を残して死んだ者や、きちんと往生を遂げられなかった者は、この土地では鬼になると言われていた。

女は喋りたいだけ喋ると、麻袋に担いできた玉葱を、その場へ転がして帰っていった。なまなまと匂うその球根を男はしばらく眺めていたが、やがて何を思ったか、なまくら包丁でzakuと半分に切り、茶色い薄皮を剝いただけでそのまま口に入れた。乳色の汁がしたたって、嚙んだあとから立ちのぼる精気に目も開けていられない。涙が両頰を流れ落ちた。だが気持ちは不思議と晴れ渡った。

以来男は胃が求めるものでなく、舌の求めるものを口に入れた。舌は、何が気に入るかわからない。少なくともこの家にそれはない。この家のものはすべて死んでいる。すべて、甕棺墓《かめかんぼ》のなかの妻とともに、そのたましいとともに持ち去られた。妻がかつて触れたものは、何もかもただ悲しいのであった。

雨のやんだ屋外には、月が冴え渡っていた。露をいただいた草の葉に、ひかりがあまねく落ちている。斜面に立ち、見下ろすと、野原はどこまでも銀色で、つかのま男は、すすきのいっせいに開花する秋を思った。

――雲のうえを、歩くよう。

亡き妻はそう目を細め、いちめんのすすきを愛《め》でたものだ。晩秋のこの季節だけは、この土地に住んでよかったと、しんから思うのだと言った。

だがまぼろしは間もなく消えた。ただの緑の草っぱらに、男はひとりで立っていた。かれはその場に座り込み、手近な草を引き抜いた。

土の色が、妙だった。深くは張らない髭根《ひげね》の、その髭に摑まれるようにして出てきた土には、黄色が混じっていた。黄土色というより、黄色だった。この土地の赤土のなかでひどく際だっていた。

男は先のまるい二本の指で、その色を掻き出し、口に入れた。味らしい味はなく、ただ舌のつけ根が痺れていくような感覚があった。一瞬、気が遠くなった。かたまりが溶けると気持ちも戻った。ふたたび、食べる。また遠くなる。

なんだろうか。まさか毒ではなかろう。いや、毒だって構うものか。かれは草ごと抱えると、かたまりを家へと持ち帰った。そうして台所の隅に隠し、大切に少しずつ食べた。

なくなると、また人目を忍び、夜の野原へ行くようになった。

丘のいただきにも月が降る。星が落ちる。晴れた晩である。

谷間の家では夜が早い。三つ子はしじゅう泣きわめいているが、そのぶん寝つきもよいのだった。この家では女房も酒を飲む。晩酌につきあうのだと言っては、亭主とおなじくらい飲み、みなで早々に寝てしまう。

峠向こうの家の老夫婦もまた夜は早いのであるが、村はずれで寂しいせいか、夜通し灯りをつけている。そうして眠りもつねに浅い。明け方が近づき、陽が戻ってくると、ようやっと細い灯火を吹き消す。それから、陽が高くなるまで安眠する。

老夫婦の家を下っていくと、墓守男の家がある。甕棺に手脚を折って入れられたり、土に掘った穴に直接埋められたりした死者が、寝苦しがって身体を伸ばし、夜更けに地面を揺するという。風が吹き、丘が揺れるたび、男は墓を撫でてやる。

墓場をさらに下っていくと、合歓《ねむ》の木の下の二軒家がある。この二軒は双子のようによく似ている。右の家に住んでいるのは、口髭を生やしたおとなしい夫と、夫同様おとなしい妻、そして二人によく似たおとなしい男の子だ。かれらはひとが通ると合歓の葉のようにしおしおとお辞儀する。

左の家のほうにもやはり、おとなしい夫におとなしい妻、夫婦によく似たおとなしい女の子が住んでいる。二軒の片方が留守のとき、片方にはひとがいるが、その片方にひとがいるときにはもう片方は留守である。近所仲がよく、互いを熟知している様子だが、これは一家族が二家族のような顔をしているだけという話もある。その証拠に男の子はときどき、右の家にいるときでも女の着物を着ているではないか。ただ、なぜそんなことをするのかは、誰にもわからないことだった。

九つめの家の夫婦は、海に魚釣りへ出たまま、もう何年も帰ってこない。しかし九つの包みの九つめはこの家のものだからと、当番の者はここへ置く。すると翌日にはなくなっている。九つぶんの決まりは守られている。

さてそのようにひとめぐりして、岩陰の家に戻ってくると、亭主は、もとい亭主の幽霊は、つねのように窓の外に座った。家のなかでは女房と男が寝ている。男の丈夫そうな太い腕に、妻のちいさな頭が乗っている。

しばらく観察してきたが、男の行動は自分とほぼおなじだった。朝陽が昇りきっても目を覚まさず、夜は酒を飲んでひっくり返り、ごとを言われながら寝床へ行く。これが生前の自分かと、我ながらあきれてしまう。ただあちらの自分のほうが、幾らか床上手らしかった。

幽霊になった男は窓を離れ、道のない坂を降りていった。やがて分岐路の家の裏のbanana畑が迫ってくる。

分岐路の家では妻が死んで以来、この畑も放っておかれた。荒れ放題に荒れ、bananaどもも好き勝手していた。甘いだけでなく苦いbanana、むしろ辛いくらいのbanana、あるいは青々として一見食べられそうにないのに、食せば口腔がむず痒くなるほど甘いbananaも生った。

しかしそんないとなみを、知る者とてなかった。分岐路の家の男やもめは、とうに果物への興味をなくしていた。幽霊になった男はその夜、はじめて畑に入ろうとしていた。自分のすることは泥棒である。死んでからもこう腹が減るとは、なかなか難儀なことだった。だが自分は死んだのだから、供え物のひとつもされてよいはずだ。供えに来る者がいないなら、こちらから出向き、取るまでだった。

黄色く熟しているように見えるが、なかは硬くて食べられないほど若い実を捥《も》ごうと伸びあがると、草のなかにぽつ、ぽつと、ひかっているものがあった。不器用の手の作ったらしい、粗末な灯籠であったが、それは鬼を家へと導き、迎えて供養するためのものだった。

男は実を捥ぐのをやめて、背を低くして畑から出た。灯火に、引き寄せられていった。正しい死に方をしなかった自分は、なるほど鬼に違いなかった。

それは分岐路の家の戸口へと続いていた。ひさしの下に、あるじの男やもめがうずくまっているのが見える。近づいていくと、顔をあげ、信じられないという表情をしたが、やがて合点したように、ああ、あんたか、と言った。

——無事でよかったなあ。

そう言ってちからなく、だが嬉しそうに笑った。可哀そうにこの初老の男は、亡妻への思いが募るあまり、死者が見えるようになってしまったらしい。

幽霊になった男は同情しつつも、かれが何かを食べていたことに気づいた。爪のあいだには土が入り込み、あたりには草の根が散らばっている。まさか、土を食べていたのだろうか。

男やもめは視線に気づくと、両手を慌てて背中に隠した。見せろ嫌だの問答のあと、やっとのことで取りあげた。土とはべつのものが混じっている。幽霊になった男はそれを、注意深く手のひらへ広げた。つめたく白い月のもとでも、あたたかな輝きを放っている。それは、金というものだった。

二階屋の家の姉娘は、まだ二階に座っていた。明けてゆく空の色、喉から絞り出すような、耳障りな鳥の声。眠れずに迎える朝は、すべてが厭《いと》わしく感じられる。

這い入ってくる青いひかりが有象無象をかたちづくる。結んだかと思えばほどけるかたちは、誰かの腕のように思えることもある。娘も応えて手を伸ばす。だが何を摑むこともできない。

世界が自分のまわりだけ、いびつに膨らんでいるような気がした。このままでは、死ぬかもしれない。嫁すことなく果敢《はか》なくなった女は、あの世で満足な暮らしができず、恨んで鬼になるという。

もう娘とは言えない齢《とし》の娘は、緩んでいた帯を結び直した。べっこうの櫛を出し、髪を梳いては編んでいく。いつもよりさらにていねいに、ひどく念入りに指を動かす。し損じたところが少しでもあれば、ほどいてはじめからやり直す。

やがて夜が明け、家の者たちが膳につき、朝餉《あさげ》を終え仕事に出てしまってからも、娘はまだ黙々と編んでいた。

そうしてやっと編み終えると、大事の櫛を懐に仕舞い、梯子を降りていった。戸口を開けて踏みだすと、高く昇った陽のひかりが両目に刺さるようだった。

妹娘はそのとき家の裏で、甘藷の葉につく芋虫を捕まえていた。日光の下で姉の後ろ姿はふやけたように白かった。ああ、あのひとが出ていく、と思った。しゃがんだまましばらく見送ると、今度は蛙を追いはじめた。

姉娘は草のなかを歩いた。人目を避けるため、石段の道でなく野原を通っていく。閉じ込もっていた足裏は柔らかく、ちょっとした小石にも傷ついた。気持ちが挫《くじ》け、引き返したくなる。宿根朝顔が青く鮮やかな首をならべてじっと見ている。

岩陰の家が近づくと、あたりはいっそう岩がちになった。足は痛いがもう少しだ。思ったとき、向かいの岩の後ろから、のっそりとあらわれた。娘は倒れそうになったが、踏みとどまり、男のゆく先に立った。

目の前に突如できた障害物に、かれは些か苛立ったらしい。だが、ただごとでない様子に興味を引かれてか、黙って娘の出方を待った。

娘もまた黙って男を見ていた。男は煙たいような汗の匂いがして、伸びてからまった髪のあたりに羽虫が飛んでいた。どこかへ出掛けるところなのか、行李を背負い、行脚の杖まで持っている。行李のてっぺんには毛の上着が縛りつけられ、そのさらに上に、土のついた草のようなものが載っていた。

こんなひとだっただろうか。わたしの夢に出続けたのは、ほんとうにこのひとか。ほんとうのほんとうに、わたしはこの男を恋い慕っているのか。

じっさいのところ娘の感情は、恋愛というより気懸かりや恐怖に近いものだった。だが娘は幼いころから恋愛のことばかり考えて育ったため、何かにつけこれは恋愛ではないかと思うようになっていた。それはむしろ、obsessionに近かった。

こんなところまでやってきて、何がしたかったのだろうか。自分はいったい、何を言いに来たのか。

ふと羽虫が飛んできて、耳許でwangと音をたてた。頭の骨が軋るようだった。日に焼けた剝き出しの上腕が、すぐそこで隆起するのが見える。男が口をひらこうとした。娘はそれを制するように、咄嗟にこんなことを言った。

――もう、夢に出るのは、やめてください。

海苔の当番を終えて帰ってきた女は、家の気配が変わっているのに気づいた。いつも通りの自分の家、だが何かが決定的に違う。あるべきはずのものがない。いや、あるべきでなかったはずだがそれでもあり続けていたものが、とうとうほんとうになくなった。

毛織の上着。行李。それから、と長持を探ると、革袋の銭が消えている。女は茫然と座り込んだ。それは当面の暮らしに使う銭であり、長年貯めているほうは甕に入れて庭に埋めてある。そちらは無事だったので、大過ないと言えばそうなのだが、気持ちのほうはおさまらない。

そのとき戸口を叩く者があった。出ると、漁撈に出ていた亭主だった。かれもまた家の変化に気づき、居座っていた男がいなくなったのを知って、やってきたのだった。女は夫の姿を見ると、怯えて数歩後じさった。だが疲れたように笑う顔を見るうち、心が溶けるように涙が出てきた。夫はその頭を撫でて、撫でられるうちに落ち着いて、女はやがて飯の支度にかかった。

筵の上に二人で座り、漁師がまたもやくれた鮑をつついた。女は酒をつぎながら、漁に出ていたあいだのことを訊いたが、夫は笑うだけで答えなかった。留守のあいだどうだったかと尋ねることもしなかった。三杯ほど飲んだところで酔いつぶれ、地べたにひっくり返って寝てしまった。女は風邪をひくと言って起こし、引き摺って寝床へ連れていった。

そのころ二階屋の家の姉娘は、村の祠のわきにひとりしゃがんでいた。薄い爪の割れるのも厭わず、穴を掘り、土を掻き出していく。おおきな蚯蚓《みみず》が驚いて、魚の跳ねるように身をくねらせる。

深いところへいくほどに、土は湿ってつめたかった。手を止め、指先をうずめると、熱が静かに奪われていく。まだもう少し若かったころ、癇癪《かんしゃく》持ちのこの娘に、両親は瀉血《しゃけつ》を施したことがあった。身体から何かが抜けて、凪《な》いでいくようなあの感覚。目を閉じて、それを味わった。しばらくそうしていたあとで、懐から歯の欠けた櫛を取りだした。穴の底へそっと置き、上から元通りに土をかけた。

分岐路の家の男やもめが、あれがなくなったと騒ぎ出したのは、その翌日のことだった。あれとは何かとみなで問うのだが、いっこうに要領を得ない。やがて岩陰の家の、もはや幽霊ではなくなった亭主が、それは金だと証言した。村ぜんたいが騒ぎになった。

あれの行方を誰もかれもが捜した。見た者はないかと尋ね歩いた。二階でふて寝していた姉娘は、かたく口を閉ざしていた。だが知っていることがあるなら言わねばならないと、父親から脅すように言われ、あの日行李を背負った男に遭ったこと、そのてっぺんに土のついた草が載っていたこと、村の外へ向かって歩いていったことなどを話した。恥ずかしさのあまり、消えてしまいたくなった。ひととおり話し終えると、娘はいよいよ伏せってしまった。

その男を見つけて引っ捕らえ、あれを奪い返すべきだと息巻く者もいた。だが分岐路の家の男やもめが示した場所を掘ると、おなじようなものが幾らでも出てきたので、それには及ばないということになった。

やがてひと月ばかりもすると、金の噂を聞きつけた者がほうぼうからやってくるようになった。れいの男は金を盗んでいったが、村の評判も広めたらしかった。このことが契機となり、Jiufenはのちに金鉱の町として栄えていくことになる。

ちいさかった祠の上にはおおきめの宮が建てられ、やがて村が豊かになると、その上にさらに宮が建つだろう。この島では多く海に向かう宮が、ここでは山を向いている。金鉱の山の神に祈るためである。だがその守り神の宮が、じつはひとりの娘の埋めた櫛を大切に抱いていること、自分たちの祈っているのがその奇妙な宝物であることを、のちのひとびとが知ることはない。

分岐路の家の男やもめは大金持ちになるはずだったが、自分の食べるぶんだけあればいい、と言い、残りの金は放棄した。そうして夜になると野原へ出て、その隅を静かに掘り続けた。

岩陰の家の亭主はおおむね、以前とおなじように暮らしていた。朝は遅く起き、夜は酔って寝た。ただ幽霊だったころの癖は抜けきらず、月の出ている晩などは寝床を抜け出し村を歩いた。

鎌のような三日月を見るたび、船から降りて戻ったあの日に見た、女房の三日月のように研がれた鎌の閃《ひらめ》きがよみがえった。それは何かの感情を呼び覚ましそうになるのだが、かれはつとめて気づかないふりをして、その後もやりすごしたのだった。

二階屋の家の姉娘もまた眠れぬ夜には歩きまわったので、金を求めてやってきたひとびとは、なぜこの土地ではみな夜の目も寝ないで歩きまわっているのかと、不思議がり、首をひねることになる。

なんだか、だんだん、騒がしくなる。二階屋の家の妹娘は、そんなことを思っている。まだちいさかったので、どこへでも行き何でも見るかわりに、何ごとにも関わらずにいた。おとなたちは日々騒いでいるけど、この娘には関係がない。

緑の深まった丘の上に、のうぜんかずらが喇叭《らっぱ》のような花を幾つもつけている。だいだいとも桃色ともつかないその色が、ふと翳ったような気がする。振り返って見あげると、太陽を雲が横切っていくところだ。

za、za と風が吹く。海のほうから吹きあげてくる。青草を逆さに撫でながら、一目散に走ってきたかと思うと、村を見はるかす墓場のほうまでずうっと昇っていくのだった。そこはいずれ妹娘が、金を掘りに来た若者に縁づき一生を終えたあとで、埋められることになる墓場である。そうして今度はそこから村を見続けることになるのだが、それはまだ百年近くも先のことで、もちろん、いまは知るよしもないことだ。

すぼめた娘の手のひらで、捕らえていた飛蝗《ばった》が跳ねる。手を放すと緑の昆虫は、そのまま風に飛ばされてしまった。肩で切り揃えた娘の髪も、あちこちばらばらに踊っている。くすぐったくて、ひとりで笑う。taifeng の季節はすぐそこだ。

国際友誼

女子学生は夢を見た。

夕まぐれ時らしく、あたりはうっすらと青い。水辺で、霧が出ていた。女子学生は子どもになっていて、川の突堤のあたりに立ち、母の割烹着《かっぽうぎ》を摑んでいた。エプロンでなく割烹着だった。袖口にゴムが入った長袖の、上半身を覆う割烹着。大鍋いっぱいに毎日作る、大根やひじきや豆の煮物の染みついた、もとは白いその布を、子どもの彼女は摑みながら身を乗り出して覗いていた。

どうということのない川だ。幅もそう広くはない。ただ霧が出ているために、向こう岸をのぞむことができない。母と、子どもの女子学生が見ているのは上流だ。そちらから、舟が来る。船頭がひとり乗った舟。手にした棹《さお》は長く、船頭の背の倍もありそうだ。その棹で川底をぐいと押し、ひと押しごとに進んでくる。

母はじっと舟を見ていたが、やがて、おおい、と呼んだ。何気ないふうを装う低い声だが、直前に唾を飲み込んで、意を決して絞り出した声だった。女子学生にはそう思えた。割烹着を握る手に力を込めた。

——おおい。

と聞こえた。霧のはるか向こうから、船頭が呼んで返す。

母がまた、おおいと言った。心持ち高い、急《せ》くような、焦がれるような声だった。語尾がかすれて水音に溶けた。

女子学生は下を向いた。目を凝らすと、霧のあいまに群生する葦《あし》が浮かんで見えた。呼び返す男の声を、もう聞こうとしなかった。彼女は耳を塞いでいた。指のあいだをすり抜けて、皺の寄った声が響いてくる。塞いだ手のひら越しに聞くと、初老にさしかかった船頭の声はじっさいよりも哀切で悲痛だった。気に入らない、と思った。哀切で悲痛であるような男の声は気に入らない。

しゃがんで葦の葉を引っ張ると、青い水面に輪ができた。その輪のなかに、やがてゆっくりと、粗末な舟が入ってくる——。

そこで目が覚めた。

マットレスだけのベッドのわき、フローリングの床にじかに置いた数々の紙類から、〝モグラの皮〟と称する黒い合皮張りのノートを取りあげた。半ば眠ったままの指先で、未使用のページを探る。かたわらからペンを見つけると、

船頭

と記したが、思い直して二重線で消し、下に、

　渡し守

と記した。

それだけのことをやってしまうと、また眠りに落ちた。

女子学生の記しているのは、日記でもなければまして小説でもない。では何かと問われれば、研究ノートだと答える。けれどまだ誰にも問われたことはなく、したがって答える機会にも恵まれない。

次に目覚めると、陽は高かった。昨日の夕方から眠り通しで、ひどく腹が減っている。そんな時間から眠っていたのは、その前の日、徹夜だったからだ。三十時間くらい起きていて、十八時間くらい眠る。二日に一度の睡眠。足すと四十八時間で、帳尻はあっている。女子学生の日々は時折、そんな循環にとらわれる。

冬眠から覚めた熊のように、彼女は食料をあさる。炊いてから凍らせた米が冷凍庫にあるのを見出した。電子レンジであたためて、茶碗に移し、卵と醬油《しょうゆ》をかける。卵の賞味期限は昨日だが、かまわず生のままかける。卵というのは生きものであり、調理するよりせずに生かしておくほうが長持ちするとどこかで聞いた。左手に卵かけご飯の碗を、右手に箸を持って戻り、座卓に座って食べようとして、ふと、嫌な気分になる。

手抜き極まるこの作業を、かろうじて調理と呼ぶとして、その調理の過程からすでに、自分はこの茶碗を持っていた。いまこの茶碗を持ったまま、右手の箸で口に運び、五分とかからずに食い終えて、またおなじ手で流し台に戻すのだ。簡略にすませようとすれば、たいていそんなふうだった。そしてその都度女子学生は、なぜかしら、嫌な気分になる。左手が茶碗と癒着している。台所の混沌。そこにはむろん食材もあるが、生ゴミもプラスチックのゴミも賞味期限切れの模糊《もこ》とした、いま少しで食材であることをやめ、何かしらのべつのものに移行しつつある物体もある。厨《くりや》のそうした混沌と、この左手は繋がっている。繋がったままのところから直接胃に入れるならば、これはいかにも、身体のなかに混沌を取り込むことではないか。

危険極まりない。

のみならず不浄である。

もうかれこれ十分以上、飯碗を固定しているため、左手首はそろそろ硬直して痺れていた。これをばさりと、手首ごと、斧か何かで——と思って、女子学生は息をついた。

茶碗と箸を、座卓に置いた。

そして深呼吸をして、両手のひらをぺたりとあわせ、いただきます、と呟いた。

食べ終えるとふたたび寝床の紙類からモグラの皮を引き寄せた。先ほどのページの続きに、こんなふうに書きつけた。

食前に手をあわせるのは、信仰のためのみにあらず。いったん茶碗から手を離し、落ち着いて食べるため。

消化にもよい。

これはたいした発見だった。研究はひとつ進んだ。今日は朝から幸先がいい。きっとよいことが起こるはずだ。朝というより、もう昼だが。

男子学生は図書館へと自転車を走らせていた。

彼は急いでいた。ゼミの予習を夕方までに片づけて、パーティーの準備に駆けつけねばならない。

パーティー、とそれを称したのは、サークルハウスのぬしである。ぬしはもう十年近くサークルハウスに居座っていて、といってもつねにそこにいるわけでなく、場合によっては他人の家に居候したりもしているのだが、十年もいるということは六年留年しているということで、大学の決まりじょう留年は四年までであるから、ほんとうはもう学生ではないのかもしれない。

サークルハウスはサークルで借りている建物だ。ほとんど小屋のようなものなのに、ハウスなどと呼ばれているためいっそう胡散《うさん》臭く見える。古色蒼然、出入り自由。鍵などかかっていたためしがない。その場所で今夜パーティーがある。といってもただ集まって酒を飲むだけのことだった。

男子学生はそのぬしと顔をあわせたことがない。昼間はたいてい奥で寝ているか、あるいは居候先で寝ているかで、呼んでも声しか返ってこない。眠たげなその声でもって、あれこれと指示を出す。

男子学生は学生といえどもすでに四回生であり、順当にいけば来年卒業で、論文の支度も調えていた。サークルのなかでは古参の部類で、あれこれ指示を出されるのもおかしいと思う向きもあるのだが、言われればその通りに動くのだった。ことさらに嫌なことでなければ、誰に言われたことでも大概てきぱきと動いてこなす。それが彼の性分である。だから卒業に関しても、きっと順当に行くだろうし、大学院にも進めるというのがおおかたの見方だった。しかし――。

思考にひとすじ暗いものがよぎり、その瞬間彼の目は眩《くら》んだ。運転が疎《おろそ》かになった。下り坂の細道が大通りへ出るところだった。巨大な地蔵の立つその箇所で、大通りをやってくる自転車とぶつかりそうになる。

彼は肝を冷やしたが、相手はそうでもないらしく、どころか彼と彼の自転車の存在にすら気づかない様子で、そのまま視界から消えていった。

白い自転車に乗った、白いワンピースの、色白の女。

洗いたての髪とワンピースが、ひらりと風をはらみ、膨らんだ。

彼はその場に足をついて止まった。信号は赤だった。

留学生はそのころ、魚を求めて歩きまわっていた。

盆地にあるこの街に来て半年近くになるけれど、この暑さといったら尋常ではない。今晩来客があるというので魚はぜひとも仕入れたかった。新鮮な、鱗の硬い、背筋のところをピンと弾けばたちまち全身の跳ね返るような、海から連れてこられたことさえ気づいていないような魚。留学生の生まれ育った島では、そんな魚がいつでも獲《と》れた。年じゅういつでも手に入った。この国もまた島国だけど、それよりもちいさな島、ここよりずっと南の島だった。南ということはそれだけ赤道に近いということで、赤道に近いということは、季節ごとの差もあまりない。だが南であればこんな街よりずっと暑いのではないか。こちらへ来て出会うひとびとはそう尋ねるのだけれど、留学生は首を振る。この街のほうが、ずっと暑い。釜の底にいるようだ。そして魚は見つからない。

彼の生まれ育った土地では、夏であっても鍋料理を食べた。獲れたての魚をぶつ切りにして放り込んだ鍋は、何よりも彼の好物であり、どんなに暑く身体が参っているときでも、香辛料で赤く染まったその鍋を口にすれば、体内の液体がたちまち循環し、よくないものは汗となって出て生まれ変わったようになる。追いかけあうふたつの魂のような、互いの影が互いをかたちづくるような陰陽の、あの意匠をそのまま仕切りとした鍋に、半分は赤、もう半分は白い色のスープを作って入れるのだ。それから黄色く甘い果実をたっぷりと載せた氷菓子。あるいは赤豆と緑豆をゆがいて入れた冷たい汁粉。そうした食べ物を出す屋台が、夜ともなれば道の両側に幾らでも出たものだった。彼はしばしば夕食をそのような屋台で取った。それはめずらしいことでなく、ざくざくと切りざくざくと作った味のよい食べ物を、外の椅子にみなで座ってざくざくと食べたものだった。台所と食卓とが道沿いにどこまでも延びていた。

けれどもこの国のひとびとは、食と台所をきっぱりと通りから隠している。硬い壁のうちに隠されて、他人の台所を覗くことはできない。屋台が恋しい、と彼は思う。暑熱にゆがむアスファルトの両側に続く食卓を幻視して、ゆらめく陽炎《かげろう》の向こうにふと目を凝らす。青光りするそれは、巨大な金目鱸《jinmulu》であった。

男子学生が止まったのは、信号が赤だったためではない。いや、むろんそのせいもある。信号、道路標識の類いは守るほうだった。だが彼がいまそこへ止まったのは、彼自身の内的な発露によるものだった。といっても、目の前をよぎった女性の髪が洗いたてだったためではない。その髪が洗いたてだったというのはそもそも彼の空想、願望である。じっさいは彼女の髪は、三日洗われていなかったかもしれない。もっともこの暑さでは、髪を洗わない忍耐はむしろ敬意に値する。

男子学生が止まったのは啓示を受けたからだった。

hilarious の訳語は、ぜひともそうしなければならない。

彼は自転車に跨《また》ったたまま、炎天下に立っていた。陽気な。楽しい。笑いを誘う。浮かれ騒ぎをする。昨晩遅くまで睨《にら》んでいた辞書の、この形容詞の訳を意味する言葉が脳裏を駆けめぐる。そうだ、いや、そうじゃない。この単語の訳はこうあるべきだ――「ひらりと跳躍する浮かれ気分」。

ふたたびペダルに足を乗せ、彼は図書館へと急いだ。そうだ、そうだという肯定が、まるで祝福の鐘のように頭のなかを鳴り渡る。hilarious には hilari がある。hilari。ひらり。だからその語は「ひらり」と訳すべきなのだ。hilarious、hilariousness、hilarity。ひらりひらりひらひら愉快な気分。まさにそうあるべきである。絶対そうあるべきである。尊敬する彼の師匠も、かつて言ったではないか。英語とは、擬音語、擬態語だ。いや、そんなふうには言わなかっただろうか。だがともかく言葉とは、そもそも擬音語擬態語であって、ということは極限まで突き詰めるなら、すべての言語はそれぞれの単語において、おなじ音の根を持つはずではないか？

しかし他言語にまで敷衍《ふえん》するのは、早計というべきだろう。彼の専攻は英文学であり、取りあえずのところは彼の母語と、英語との二言語間において考察を進めることにした。

かくのごとき研究を女子学生がはじめたのは、とある一日限りのアルバイトをしたことがきっかけだった。

　スーパーで試食品を配るという仕事で、学生課の掲示板で見つけた。女子学生は気持ちの変動が激しく、毎週決められた日におなじ場所に行きおなじ仕事をするということが、到底耐えられないと思えた。はたから見ればただぼんやりしているにすぎないのだけれど、本人にしてみれば針の筵に座る気分であり、ゆえに彼女は一日だけの、またはせいぜい三日程度の短期労働を選ぶことにしていた。

　そうしたアルバイトは長期の仕事に比べて辺鄙《へんぴ》なところで行われるのだった。たとえば北の山奥の、天台宗の寺の門前に建つ蕎麦屋で蕎麦を運ぶ仕事。蕎麦屋は寺の閉門とともに仕舞うため、三日間のアルバイトのあいだ、一度もその寺には入れなかった。あるいは街の南の端、電車を乗り継ぎ小一時間も歩いた先の工場で、部品の箱詰めをする仕事。これも給料はさほどよくない。自分はなぜ仕事というとこんなに遠出をするのかと、あるときつくづく考えたところ、それは短期アルバイトだからなのだった。

　その試食品配りのときも、女子学生はまずバスに乗って、しかるのちに電車に乗り、しかるのちまたバスに乗って、ようやくそのスーパーに辿りついた。九時から開くスーパーで、八時半に到着するためには六時半に家を出ねばならず、朝の遅い女子学生には拷問に近かった。従業員入り口からなかに入ると、控え室に彼女のためのワゴンが用意してあった。バターナイフとマーガリン、包丁、まな板、紙皿、パン。試食品は食パンだった。

——もちもちとした食感がセールスポイントの新商品です。そこを強調してください。

企業からのマニュアルにはそんなふうに書かれていた。

三角巾とエプロンをつけて、ワゴンの上で包丁を使い、パン一枚を六等分してからマーガリンを塗って、通りかかったひとに手渡す。マーガリンだけつけた生の食パンなど、誰がわざわざ食べたがるだろう。だが試食品は意外に捌《さば》けた。この郊外都市の土地柄なのか、みんな次々手を伸ばす。

女子学生は嬉しかった。ほとんど眠らず来たために倒れる寸前だったけれど、見知らぬひとが彼女の手からパンを食べていくというその事実が、自分でも驚くほど嬉しかった。こうしてみながパンを受けとる限り、何ひとつ問題はなく、この世はどこまでも平和である——そんな馬鹿げた錯覚を、借り物のエプロンを身につけた女子学生は抱くほどだった。

それはしかし、午前のうちのことだった。

昼をすぎ、だんだんと午後もまわっていくにつれ、あることが気になりだした。

——もちもちね。

——あら、ほんともちっとしてる。

──うん、もち、って感じやね。

客たちはそんなふうに言って、ひとつふたつと食パンを籠に入れる。それはいい。よいことだ。でもこれはパンであって餅ではない。もっとも彼らは女子学生の、もちもちとした食感、なる売り文句に応えて言っているのだから、客たちを責めることはできない。しかし、しかしである。

そんなに餅がいいなら、餅を食え。

喉許まで、出かかった。

けれども。

ハーフパンツに濃い紫色のてらてらとした半袖シャツという、サッカー選手でもないのにサッカー選手のような上下を着、足許はサンダル履きの、腹肉のつきすぎた中年男性。落ち着いた色味のワンピースに、なぜか鞄だけ髑髏《どくろ》マークのついたものを提げている中年女性は、娘が使わなくなって放置しているのを勿体ながって使っているのだろうか。広いスーパーの通路は、どこもかしこも大同小異、そんな風体の客たちばかりだ。

無理だ、と女子学生は思った。

我々はもう、餅には戻れない。

どんなに餅を求めていても、餅の感触に焦がれていても、パンを捨てて餅とともに生きる日々には戻れない。ほんとうに食べたいのはパンではなく餅であるとしても。我々のなかにあるのはただ原風景としての餅、餅のイデアのごときものであり、それは疾うに失われている。半端にではあるにせよ、舌が取りあえずの満足を得るものは、ただ餅を偽装するもちもちとしたパンでしかない。

まるで流浪の民だった。抛擲《ほうてき》された民族は、そのみなもとである大地のおもかげをつねに探し求めながら、それでいてそのおなじ土地に帰ることはけっしてない。

そしてこの場合、おもかげとはすなわち餅だった。


おなじようなことは前にもあった。

男子学生ははたと思い出す。なぜあのとき気づかなかったのか。カナダから来た知人と話していたとき、その知人がふと、言ったのである。

——おとろっしゃ。

彼は耳を疑った。おとろしいとは、恐ろしいの変化した言い方であり、おもにこの国の西半分に分布している方言であるが、こちらへ来て間もないカナダ人がそんな言葉を口走ったことにひどく驚いたのだった。

しかしよくよく聞いてみると、知人は、おとろっしゃ、ではなく、atrocious と言っていた。atrocious。アトローシャス。たちの悪い。ぞっとする。ひどい。不愉快な。たいへん悪い。知人はそのときある映画の感想を述べていたのだが、その出来がひじょうに悪いと嘆いたのだった。それすなわち atrocious、恐ろしくて目も当てられない。atrocious、おとろっしゃ。おそろしやすね。舌の上で繰りかえし転がした。atrociousness、するとまた浮かんできた。irritate とイライラ。このふたつの語感はまったくおなじではないか。

そのようなことに気を取られていたためか、図書館の前を素通りしてしまった。すると駐輪場をこちらへ横切ってくるひとに見覚えがあった。台湾から留学しているソウくんだった。

向こうのほうでも気づいたらしく、右手を挙げて合図した。はにかんだような、あるいは嬉しくてたまらないような表情だ。両者はずいぶんと違うはずなのだけど、男子学生にはその違いがよくわからないのだった。顔かたちもほとんど変わらない、人種だっておなじに見えるひとの表情が、なぜわからないと感じるのか不思議だが、けれど彼はそのわからなさゆえに、ソウくんが好きなのだった。

おなじ国のひとびと、おなじ国でおなじ言語を操り、おなじ言語で思考する人間は、ときにわかりすぎてつらいことがある。前提としている文化というのが何から何までおなじで、そのことが、男子学生には一種の脅威と感じられる。外国を旅行していると、街をゆくひとが何を感じていて、何を考えているのかさっぱりわからない。わからないためどうすることもできず、またする必要もないのだった。けれど相手が、おなじ言語を基盤としている者ならば、ちょっと目があったくらいのことでもう、何もかもわかってしまう。この世の端から端まで張りめぐらされた意識の網の目に、お互いして捕らえられてしまう。男子学生はそのような理由から、道ゆくひとと目をあわせること、その表情を覗き込むことを、へいぜい避けているのだった。

ソウくんが近寄ってきたので、男子学生は自転車を降りた。わからないと言えば、ソウくんの名前だってほんとうのところはよく知らない。どんな字を書くのかも、苗字なのか名前なのかも。そもそも本名でなくあだ名かもしれない。くん、は敬称で、つまり君だと思っているけど、あるいはそれももしかしたら違って、くんまで含めて名前なのかもしれない。周囲のみんながソウくんと呼ぶから、おなじように呼んでいるだけだ。これはでも、べつにソウくんが外国から来たひとだからではなくて、男子学生の周囲、とくにサークルに寄ってくるひとたちのほとんどに当てはまることでもあった。

ソウくんは左手にビニール袋を持っていた。覗くと中身は、魚だった。一匹まるまる入っている。

——For the party.

とソウくんは言った。この国へ来てまだ間もないためか、ときどき英語交じりで話す。専門分野が理系で研究では英語を多く使うためと、ここに来るまでアメリカにいたこと、男子学生が英文学を専攻していることなどが理由だろう。

サークルの部員ではないソウくんが料理を担当するというのは申し訳のないことだった。男子学生はそうしたことをとても気にする性分だったので、図書館で少し勉強したら準備を手伝うと言った。ソウくんは相変わらずの笑顔で頷いた。その顔を見ているうちに、男子学生はふと、いましがたの思いつきを述べてみたくなった。

ソウくんは真剣な面持ちで聞いていたが、話し終わるとまた笑顔になって、

——はは。おもしろいですね。

と日本語で言った。

笑えるという意味なのか、それとも興味深いという意味なのか。男子学生にはやはりわからなかった。しかし誰かに伝えることで、熱に浮かされたようになっていたのはおさまって、冷静になることができる気がした。彼はたいていのとき冷静なのだが、時折何かに憑《つ》かれたように夢中になることがあるのだった。

男子学生は礼を言い、じゃあまたあとで、と言った。ソウくんも、じゃあまた、と応えて、魚を片手に逆の手を振りながら、北のほうへと歩いていった。

自動ドアをくぐり抜け、学生証を読み取り機にかざして図書館へと入りつつ、ソウくんと話しているのは気が楽だと思った。

するとたちまち、それとまったく逆の経験が、その記憶が押し寄せてきた。この世の端から端までも、隈なく張られた自意識の罠。ひどい疲労にとらわれて、座り込んでし

まいたくなる。

階段をのぼり、二階のソファへ行った。この場所で、よく会話した。いや会話なのだか喧嘩なのだか、それとも、ただ侮辱されていただけなのか。男子学生が思い出していたのは元恋人のことだった。

――あなたのそういうところが気に入らない。

彼女は何かにつけそう言った。――そんなふうになんでもかんでも相対化するのが気に入らない。わたしはね、あなたみたいなひとに負けないために生きてるの。

彼のような人間こそが、まさに自分の敵なのだと、彼女ははっきりそう言った。一度や二度でない。十回とか二十回、いや付きあいの終わりごろには二言めにはその台詞が出た。

敵か、と彼は思う。

まあそれもかまわないだろう。

そんなふうに言いはじめてからも、彼女は一年近くも彼と同棲生活を続けたのだった。自分の敵である人間と、なぜそんなにも長く暮らしたのだろう。あなたの顔など二度と見たくないと、まさにそう告げるためになぜ、彼を呼び出し続けたのか。

そのことを考えると、男子学生は不可解よりまず徒労の気持ちに襲われる。

留学生は魚を手にして歩きながら、あの友人は少し変わっているなと考えた。留学生はこの街に来るまで英語圏で勉強していたが、そんなことを考えてみたことは一度もない。文科系の学生というのはたいへんだと思った。つねに突飛なことを思いついては言い続けなければならないらしい。それともあの友人の場合はまだ若いせいなのか。若さのゆえにあのように突飛なことに走りがちなのか。留学生はすでに自分の生まれた国で大学を卒業し、大学院も修士課程は終えて、実践的な知識を得るため海を渡ったのだった。

けれどもあの友人も含めて、彼の正確な年齢を知る者はいそうになかった。学部の学生たちであれば、自分たちより年上だと推測してはいるだろう。けれど年上として扱われているようには感じない。美しい国、と彼の生まれ育った台湾の言語では表記する、あの大陸に暮らしたときもそうだった。それは言葉の問題だった。

ゆっくり短くかんたんな言葉でなければわからない。聞くことも話すことも。それは成長過程の子どもに戻ることによく似ていた。六人きょうだいの長男で、期待され意見を求められて育ち、たぶん自分でもそう振る舞ってきた。三十年そうして暮らしてきて、また子どもに戻ってしまった。子どもであることは愉快だが、複雑な心境になることもなくはない。

ひとり暮らしのアパートで、彼は考えることがある。畳敷きの六畳間は家具も少なく埃も溜まらない。隅に座卓がひとつと、衣類を仕舞う布張りの箱、専門書ばかりの本棚。窓を開ければ裏手の畑が目に入る。

先日妹が手紙を書いてきた。ずっと年下のちいさな子。切れ長の目の睫毛をこのごろくるんとカールさせている。ちいさいちいさいと思っていたのに、結婚することになったという。

彼は窓を開け放し、生い茂る豆科の植物の蔓《つる》や紫色の朝顔の萎《しお》れかけた花を見る。日焼けした畳の上に薄い座布団一枚を敷き、両膝揃えて端座する。あたらしく獲得した言語で複雑なことはまだ考えられない。母語での会話も長くしていないため、心で何かを思うときには外国語で思っているのだが、その外国語にしてからもどの外国語かわからない。ときどき自分の母語さえもが外国語のように思われる。

そんなさまざまなことを含めて返事に書こうと思っている。けれど言葉が出てこない。あまり遅くなると結婚を祝福していないのではないかと思われそうだ。早くせねばと焦るだけ、手紙はどんどん遠ざかる。

窓の外から風が吹く。白い便箋が飛ばされる。彼は長いこと考えているのだが、ほんとうに考えているのかどうか自分でもよくわからない。どの言葉で、という以前に、言葉のなかにいるのかすら、すでによくわからない。自分は何かを感じている。言葉の網の目の外でも、感じることは可能なのだった。しかし考えるということは、できるものだろうか。

じりじりと汗が伝っていく。風が吹いても、ここは無風地帯。あるいは言語の真空地帯だ。今日も手紙は書けそうにない。

留学生は立ちあがる。料理を作りに行こうと思う。魚を求めて外に出る。今晩集まるひとびとに、言葉の代わりに食べさせるのだ。


女子学生は眠りながら、そうだったと思い出す。

おもかげ、とあのとき思ったのだ。ではノートはモグラの皮でなく、おもかげノートと呼ぶべきだ。これからはそうしよう。

卵ご飯を食べ空腹が満たされると、また布団に潜ってしまった。この布団は気持ちがよい。上等の羽毛が詰まっていて、白身と黄身が互いに抱きあい、まるく包まれ守られた、卵のなかにいるようだ。下宿をはじめるとき持たされた。田舎にありがちなように、寝具にだけは金をかける習慣の家だった。ティッシュペーパーの一枚さえも日々節約して使っているのに、玄関先へ布団売りが来ると高価な布団を何組も買ってしまうのは祖母であり、また布団買った、と言って、布団ぎょうさんあるのに、と嘆くのは母だった。

この布団もまた祖母が布団売りから買ったものだろう。あの家には、いろんな物売りが来た。薬売りも来たし、魚屋も来た。裏口の前を横切っていった風鈴売り。切り刻んだひかりの束を山積みにして引いていた。たくさんに割れて散った音。それもまたおもかげだと思った。

女子学生は、けれども、この街へ来てからはいっそおもかげをあまり見ない。彼女はよそから来た人間であり、その限りにおいて街の表層を滑っていくことしかできない。それは大都市のような滑らかで事細かな流れを持ってはいない。この街の表層は、ところどころで緩み、わだかまって、結びあって停滞し、その結び目にぶつかると苛立ってしまうのだった。何よりみな歩くのが遅い。女子学生の生まれた田舎ではこれよりさらに遅かったが、歩みの速度など問題となるような人混みがそもそも皆無だった。

空調の効いた室内で、女子学生は眠っている。この部屋の空調装置はいまのところ壊れていないようだった。彼女はかつて空調の壊れた部屋にそれと知らず住んでいた。三階建てアパートの最上階の角部屋で、こんなに暑いのは屋根と壁に直接陽が当たるからだろう、この街の夏は暑いとは聞いていたけれど、それにしたってほどがあると思いながら暮らしていた。冬は恐ろしく寒かった。引っ越しのときにふたたびやってきた不動産業者がエアコンを調べ、ああ、これは壊れてますねと言ったのだった。女子学生はその部屋に住んだ家賃一年ぶんを返して欲しかった。少なくとも夏のぶんだけでも。

そんなにも夏が暑く、冬といったら骨の髄まで断ち切るように寒い街に、女子学生は何を求めてやってきたのだったか。餅のおもかげに出会うまでは、自分でも忘れていた。

いや忘れていたわけではない。考えないようにしていたのだ。

女子学生は国文学をやろうと思って来たのだった。長きにわたって都であったこの街にやってくれば、彼女の求めている言葉のおもかげがいたるところにある気がした。でも違った。街はただの街で、縦と横とが垂直に交わる道はどこまでもまっすぐで、行けども行けども舗装されて、高層ビルもない代わりに浅茅《あさぢ》の飛び出た破れ小屋《や》もなければ、土くれのような色をして草のなかにうずくまる子どもも、扇の骨の隙間からひとならぬひとを覗くひとも、狂犬病にかかった犬も、魑魅魍魎《ちみもうりよう》も、いなかった。

まさかそんなものが、いまのいままで残っていると信じていたわけではあるまい。そんなはずはなかろうと、自分に問うてみるのだけれど、答えは出てこないのだった。疑問符が栗鼠《りす》のちいさな頭とふさふさとした尻尾になって、胸のうちを駆けまわる。栗鼠はちいさな頭でもって〝なぜ〟の先を追いかけるのだが、駆けても駆けても尻尾は逃げて、栗鼠の頭は答えを出すにはいつでもちいさすぎるのだった。

男子学生はソファに座り込み、膝に課題を広げていた。ひとりの男が窓から飛び降りようとしていた。昨日も飛び降りようとしていたし、先週もそうだった。彼の名はセプティマス・ウォレン・スミス。この本のこのくだりを男子学生は昨日も読み、また先週も読んだのであった。

元恋人は図書館に来るとまず辞書を取りに行った。辞書ばかりを何冊も、棚のずらりを使ってならべた一角が図書館にはある。彼とおなじ英文科だったが、彼女は電子辞書を持たず、紙の辞書は重いからと図書館のものを使用していた。背表紙の取れかけた辞書はページの紙がひどく薄く、ぱり、ぱり、とささやかな音が、薄氷《うすらひ》を踏んで割るような鋭利さで聞こえていた。crisp という語を彼は思った。さくさく。かりかり。窓の外では常緑の木が、先端だけ尖った硬い葉のその葉先どうしをぶつからせ、ぱり、ぱりと、さくさくと、crisp crisp と音をたてていた。硝子《ガラス》越しだから聞こえないけれど、風の動きと葉の運動から彼には音が目に見えるのだった。

ページの上に顔を落とした彼女の頭部はちいさくて、こんなちいさく、また栗鼠のように茶色がかった黒髪をふわりと戴《いただ》く頭蓋のなかで、あんなに彼を手こずらせ疲弊させる思考の数々が繰り広げられているだなんて信じられないことだった。

そのとき彼女が読んでいたのも、おなじウルフの本だった。英国のこの女性作家を彼女は好んで読んだ。そして時折顔をあげて、あなたにはわからないでしょうけどね、という目で見るのだった。

――あなたにはわからないでしょうけどね。

その目は確かにそう言っていた。わからないでしょうけどね、の、ね、まではっきり言っていた。

男子学生は頷くしかない。確かに自分にはわからない。ノー、アイドント・アンダスタンド。英語で言うときは首を振る。イエスなら頷き、ノーなら首を振る。でもこの国の言葉では、相手の言うことに賛同するなら首を縦に動かすのだった。然《しか》り、彼にはわからない。なぜ彼女がそんなふうに言い、そんなふうに詰《なじ》るようにつねに彼を見るのかわからない。彼と彼女のあいだにあるものを際限なく微分していって、ちいさなちいさな差異を積みあげてほら違うでしょう、と言ってみせる。ほらあなたにはわからない。細かく細かく細かく違いを刻む。栗鼠が思考を噛み切り、刻む。さくさく、さりさり、くりすぷ・くりすぷ。上空を乾いた風がさりさりと吹き抜けていく。

彼女のことを考えると、彼はとある詩を思い出すのだった。関係性の荒野を描いた、おなじくイングランドの詩人の詩。荒地《あれち》という題はそういう意に違いないと彼は思っていた。そこに描かれる女は彼女とまったくそっくりだったから。

──あなたはなぜ考えることをしない？　考えなさい。

と彼女は言う。

彼女はなぜ、男は考えることをしないと思っているのだろう。または男は考えないと思いたがるのはなぜなのか。齧歯類《げっし》の歯先で砕いたような、細かな優位をあんなにも積み重ね、いつでも言いたてなければならなかったのはなぜなのか。

男子学生は目を閉じ、また開けた。

するとそこに開いた窓に、その桟に足をかけて、誰かが出ていこうとするのだった。窓枠に腰掛けて、挑むような目で彼を見ている。――アイル・ギブ・イット・ユー。

そう言って彼は〝フィルマー夫人の地下勝手口の鉄柵〟めがけて落ちていくのだった。――これでも、食らえ、と言って。

富田彬訳・角川文庫版では、その台詞はそう訳されている。そしてそれはまさにそういう意味だ。I'll give it you. だが明らかな誤訳をするなら、きっとこういう意味なのだ。――これをわたしはあなたにあげよう。

わたしはこれをあなたにあげる。そう言ってあの窓から草木のあいだを落ちていくひとは、男子学生には時折、元恋人の姿に思える。ゆったりとした長いスカートを好んで穿《は》いていた。何がどう、とはわからないけれど、古代人のような服装をしていると彼には思われたものだった。そのスカートが、襞の限りに風をはらみ、くりすぷ・くりすぷと呟いている葉のあいだをかすめていく。

それをわたしはあなたにあげる。

あげる《give》ということは、すなわち贈り物《gift》である。彼女はそれを彼にくれる。日々途切れなく彼を疲労させた、彼女の憎悪は詰まるところ、彼女の贈り物だったのだろうか。

いつか彼女は図書館の窓から降りたことがあった。飛び降りたというわけではない。窓の外には床があった。それは女子学生の足を、靴を履いたその右足を正しく受けとめる硬い床だった。

五月でよい風が吹いていて、夜で空気はわずかに乾き、そしてわずかに湿っていた。図書館の窓は開け放されていて、上半身を突き出したならばもう半分も出ていかなければすまないような夜だった。何より窓枠がとても低かった。思い切る必要さえなくて、右足をちょっと伸ばせばすぐに越えられた。なんて楽ちんなんだろう。なんてかんたんに息詰まるこの網の目から抜けられることか。女子学生はちょうど一階部分の屋根の上に座り、いましがた出てきたばかりの、図書館の二階の灯りとひとびとの様子とを眺めた。ふつふつと笑いが込みあげた。まるで自分ひとりだけ、この世界から落っこちてしまったようだ。

そのときである。

窓の向こう側、女子学生と真正面から向きあうような格好に、エプロンをつけたひとりの女が目をふたつともまんまるにして――このようなとき目というのはまさにまるくなるのだと女子学生は思った――、まるで逃げ出した自分の影を摑まえようとでもするように、鏡のなかへ分け入るようにまっすぐ彼女へ歩いてきた。

あのときのことを思い返すと、いまでもちょっと怖くなる。エプロンを、割烹着でなくエプロンをつけてやってきた女は図書館の司書であり、女子学生が窓から本を盗んでいったと思ったということだった。泥棒を捕まえるときのように躊躇いもなく追いかけてきた。ひとは正しい行いをするとき躊躇いというものがなくなる。そしてそのとき図書館司書は正しい行いをしていたのだ。女子学生は泥棒ではなく、その点においては間違っていたが、それでもなお図書館の窓から一階の屋根の上に出るというのは正しい行為ではなかったのだろう。エプロンをした女がまっすぐこちらへ来るのを眺めながら、つかつかという擬態語はこのようなときとてもぴったりとくる、絨毯《じゅうたん》敷きであるにもかかわらずあの歩く様子はつかつかと表現するほかないなあと、ひどくぼんやりと、ひどく感心し、同時にひどく恐怖しながら女子学生は考えた。周囲では木の葉が夜を呼吸し、都市部のまばらな星たちをその手で撫でては揺れていた。

なにしてるんですか、戻ってくださいと、へいぜい人間の出すよりも半オクターブうわずった非難がましい声がよみがえり、眠気があっという間に失《う》せて、布団の上に起き直る。携帯電話にメールが届いていた。

——まだ米はあるんか。

液晶画面はそのように読めた。

やはり母であった。女子学生が何か、心浮きたつ楽しげなことを思いつき行おうとすると、たちまちつかつかとやってきて叱りつけるのだ。躊躇いもなく、いつも正しく叱るのだった。女子学生が生まれたときから十八で下宿をするそのときまで、部屋という部屋を居場所もないほど片づけ、掃除機を手にして追いかけてきては娘の痕跡を消し去るように掃除した。

母の気配を察すると、たちまち頭のはちのあたりが孫悟空の輪っかでも嵌《はま》っているみたいに縮まって、ぎゅうっと呼吸が苦しくなる。母よ、と女子学生は思う。お願いだからもう米を送らないで欲しい。米が送られてくると米ばかりを食べてしまう。米を食べ続けて太り、ますます部屋から出られなくなる。

ああ母よ、ははそはの、母の国からきた母よ。

おもかげ探しをはじめるまで、女子学生はおかあさん探しをしていたのだった。

物心つくか否かの幼いころ、頭の輪っかも未形成だったころから、女子学生は母がほんとうの母ではないと思うことを好んだ。自分は貰われっ子だの、橋の下で拾われただのという逸話を思いついては語り、若かった母を困惑させた。

しかし長ずるにつれ、それもまた不公平ではないかと思われだした。

通常流布している概念によれば、赤ん坊とはどこかから来ることになっている。より高次のいのちのかたまり、彼岸の宇宙に存在する巨大な鏡餅のごときものから、引き離され、捏ねられ目鼻と口とを与えられて、一箇《いっか》の独立した魂となり、産道を通りやってくる。

親子関係がうまくいかなくなると持ち出されるのは間違えた子、取り替え子等の想像であり、家族をひとつの絵とするならば、すげ替えるべき断片は子、あとからこの世にやってきた仮住まいの新参者である。

けれども、と女子学生は思う。それは母なりべつの大人なりから見た場合の図式であり、子の側からすれば違うのではないか。

女子学生はこれまでのところ母になったことはなく、この先もなるかどうかはわからず、したがって子どもとしての立場から物を申させてもらうなら、やってきたのは自分ではなく母のほうなのだった。それなのに自分ばかりが来たものとされるのは肩身の狭いことである。

だがそれは不当である。

母こそが、来たのである。

母の国というものは、古事記において発見された。利かん気の強いスサノオは母の国に行きたいと言う。それは根の国とも呼ばれる常世《とこよ》で、いろいろの研究によればどちらかというと黄泉《よみ》の国に近いようだったが、女子学生にとっては、母の国とは母たちの住む故郷ということになった。

たくさんの母が、そこにはいる。いまだ母にならない、これから母になる、母の原型のようなものが、心寂しい魂のようにそこにはうろついているのだった。それは女でも娘でもなく、ただの母たちなのだった。母の原型ということ以外には何の属性も持たぬもの。洞窟の壁にうつる影のように、長くしずかに音もなく、その母たちがうろついている。

母の国に母たちはいて、ひとりひとり、派遣されてくる。登録制の、安定しない、馴れない現場にもすぐに対応せねばならない、そうした派遣社員のように、この世へ次々やってくるのだ。

だから仕方がないではないか。母が子どもと折りあいが悪く、かなしげでいらいら怒っているのも、母の国が暗い故郷だからだし、彼女らがそこから派遣されてくるからなのである。望むと望まざるとにかかわらず。長期アルバイトすら苦しく思う女子学生は、そう考えて、同情した。

おかあさん派遣社員説を提唱するに及び、その探求はいちおうの解決を見たはずだった。

国というのは不思議なものだ。母国語というものも。

母国とは母の国と書く。だが留学生の母親は、彼の生まれ育った島ではなく、そのさらに海峡を越えた向こう、英語圏ではメインランドと称される大陸から来たのだった。

父方は首都にほど近い海辺の街から、さらに内陸に入った集落に何代か続く家だった。

祖父は日本語を使うことができた。その世代のひとびとはみな日本語を習わされたのだった。彼自身は中国語による教育を受けてきた。それがいま技術習得のためにこの国へ来て言葉も学んでいる。

言語を身につけるのは難しいことだ。ある土地を支配しに来た者たちが、その場所の言葉を身につけるのではなく、自分の国で使っていた言葉をその土地の者たちに強要するというのは、ひとつにはそのほうが、優位に立つことができるからだろう。強いられた言葉を、生きるために身につけねばならなかったひとたち。そんなことを思いながら、彼はいましがた得てきたばかりの魚を冷蔵庫に仕舞う。海のないこの盆地の街に、売られていたうつくしい魚。サークルハウスの冷蔵庫は、下宿にあるものと違っておおきい。建物じたいは古く、タイル張りの低い、腰の曲がったお婆さんでも楽に調理できそうな、むしろお婆さんでなければ低すぎて調理しにくいような、昔のひとはこんなにも背が低かったのかと思わせる流し場のある台所だが、冷蔵庫だけがつるつるとあたらしいのだった。

食材の詰まった箱のなかから匂いの強い香草や根菜の類いを取り出して、分厚い木のまな板の上で皮を剝き切り揃えていく。料理をするようになったのは都市に暮らしはじめてからで、生まれ育った集落にいたときは家の誰かが作っていた。

――いただきます、ってなんて言うの。

この国へ来てからひとと食事をすると、そう訊かれることがあった。だが彼には、食前に手をあわせて挨拶する習慣がない。その集落では大勢でひとつの家に暮らしていた。中庭のあるおおきな家で、祖父の三人の息子たちが妻や子どもと暮らしていた。それぞれの家族はそれぞれの事情に応じて引っ越していくこともあり、遠い親戚などが代わりに移ってくることもあった。ときには血の繋がらない者たち、祖父が若いころ世話になったという友人の息子夫婦などが、中庭の隅の離れに暮らすこともあった。

そのすべてと一度に食事するのは無理だし、彼自身の両親きょうだいだけでもなかなか揃うことはなかった。そんなことをしていたら、食事のたびごとに半日かかる。準備のできた椀から順に準備のできている者が食べた。台所にはつねに誰かがいて、食材を洗ったり煮炊きをしたり、鍋を磨くなどしていた。その作業をしている横で、彼は自分の椀を抱えこむように食べていた。台所は天井が高く煤けていて、広場のような中庭からほかの子どもたちの遊ぶ声が遠く聞こえたものだった。

いただきますは、言わない。

少なくとも自分は言わなかった。みながてんでに食べていたから。そんなふうに答えると、この国のひとたちはちょっと首を傾げる。家族みんなでテーブルを囲んで食事をしないのはへんだ、と言う。そんなふうにばらばらだったら、家庭が崩壊してしまうではないか。

なんと返してよいかわからず、彼はただ笑ってみせる。

自分のへその緒はまだ切れていない、と女子学生は考える。切っても切れないへその緒が痛く、繋がった先がじんじんとして、眠たくっても眠れない。寝ても寝ても寝足りない。女子学生は鋏《はさみ》を探しながら、端末にもう一通メールの来ているのを見つけた。

今日のパーティー、行く？

パーティー。確かそのようなものが、言われてみれば今日はあった。今日はいつだ。今日はまだ暮れない。まだ昼だ。まだ大丈夫。

鋏を探す過程で女子学生はモグラの皮のノートを見つけた。ひらいてみると、

渡し守

と書いてあった。

船頭

を消してそう書いたからには、渡し守である必要があったのだ。

渡し守と船頭の違いについて考えてみるうちに、女子学生は夢そのものを思い出しはじめる。あの夢の母は母のようでなく、まるで祖母のようだった。昔家からいちばん近くの川まで――といっても歩いて二時間くらいはかかるその川まで行くと、渡し守だか

船頭だかがいて呼ぶと来てくれたのだと母は言った。それは祖母の代のことだ。割烹着の裾を掴んでいたのがきっと母なんだろう。割烹着を着ていたのは祖母で。というのも母がそんな格好までして料理を作るのなど見たことはない。

渡し舟に乗っていけばあの母は祖母となり、その娘であったちいさな自分は母となるのだろうか。川が流れて時間がすぎればそれですむことなんだろうか。女子学生は鋏を見つけたが、何を切ろうとしていたのだかもう思い出せないのだった。ほんとうは手にするべきは鋏ではないと知っている。手にするべきは今日着ていく服で、女子学生はまだパジャマを着たままベッドマットに横たわっている。顔を洗って服に着替えて出掛けるということが、いま何よりも必要とされていて、パーティーの会場に行く前にコンビニかどこかで飲食料を調達するとなおよい。

人間はなぜ服などを着る生きものになってしまったのだろう。起きてすぐ、寝ていた格好のままどこへでも出掛けてよいのなら、人生はもう少しくらいはましだった。女子学生はパジャマのままあちこち出掛けて、それがパジャマだと他人に気づかれぬよう祈り続ける夢をときどき見た。

外出着に着替えるということは、その日最初に転がす玉のようなもの。それさえすんでしまえばあとは、渡し守の渡す舟に乗るように、どこへ出掛けても恥ずかしくなく、生起する出来事の波に乗りつつ流れていくこともできる。パジャマを着たまま舟に乗ってはなぜいけないのだろう。あるいはなぜ、パジャマから服のなかへとあっさり渡されることができないのか。たとえば推理小説を読むとき、女子学生はそこが気に懸かる。確かにこのひとは殺人等の重罪を犯したかもしれない。しかしともかく夜がくれば眠り、朝がくれば目を覚まして着替え、あちこちと出掛け探偵と会話などもしているではないか。自分よりよほど人間らしい。犯人のその立派さが気になって、女子学生はいまひとつ、本筋の犯罪に集中できずに終わる。

自分は自分の渡し守を探さなければならない。

ぬばたまの、常夜のさなかの起源《はじまり》を、求めて旅に出なければ。

しかし彼女が探し当てたのは、一丁の鋏であった。

その刃先をしばらく見ていたが、やがて枝毛を切りはじめた。

散髪が面倒なゆえ放っておかれたその髪は、伸びに伸び、腰あたりまで届いている。何かというとどこかに挟まる。寝ても背中の下敷きになる。背が髪を摑んで頭を引っ張り、起きあがることもままならない。自分で自分を縛った縄を握りしめたような格好だ。

髪箱がいるな、と思う。中世やその以前、この国の女たちが枕許に置いた箱。漆を塗った弁当箱のような——と女子学生は想像していた——その箱に髪をまるめて入れて眠る。髪というのは奇妙なものだ。一本の線であるくせに、長く伸びると抜け毛の黒で床じゅうが塗り尽くされてしまう。かつて数学の授業で習った。面は線の集まったもの。

立体は面の集まったもの。違っただろうか。それは集めたり集めなかったりできるようなものではないのかもしれない。けれども髪を拾っていくたび、女子学生はそう思う。髪箱に収められたまるいかたまりは、きっと一箇の毛の多い生きもののように見えたに違いない。

だから女たちは髪を切ったのだ。肩ぐちで、ざくざくと、尼削《あまそ》ぎというものをして、世を捨て寺に入ったのだ。女子学生は自分の傷んだ毛の先を凝視する。ひとつ切り、ふたつ切り、三つ四つとめずらしい花でも摘んでいくかのように、枝毛の林に分け入っていく。この作業にはまるで終わりがない。ぎんとひらいた目の寸前に、はがねの刃先を動かして、一時間でも二時間でも、いや半日でさえも女子学生は枝毛を切っていることができた。捨ててしまうのが惜しいくらい、この世に枝毛の博物館があったらぜひとも寄贈したい物件が、もうやめよう、もうこのへんにしておこうと思うたび、茂みの向こうを駆けていく子鹿のようにあらわれて、女子学生は枝毛ハントをやめることができないのだった。

このままでは廃人になってしまう。

そう思って、はたと気づいた。

王朝の女たちが、落飾といって髪を切ったのはそのためだったのではないか。一箇のべつの生きもののように艶々と輝いて、御簾《みす》の下から差し覗かせては渡殿《わたどの》をゆく男どもの目を惑わしていたその髪を、切るというのは何も色恋沙汰や信仰のゆえばかりではなかったかもしれぬ。女らは、この際限のない枝毛切りから手を引くために、枝毛があっても自分では届かぬ短さに切り縮めたのではなかったか。しじゅう地べたに引き摺られていれば、朝な夕なに次々と生まれ続けたであろう枝毛どもに、もうこれ以上心とらわれるのはまっぴらだったのではないか。

煩悩とはすなわち、枝毛切りである。

ああ、これもまたおもかげだ。女子学生は考えた。はやくはやく、この影がすり抜けていかぬうちに、ちょうめんをひらきその痕跡を焼きつけておかなければ。けれど女子学生の右手は、鋏を放すことができない。黒目は消えてゆくおもかげよりさきに目先の枝毛にとらわれて、そうしてその枝毛もまたいましも、髪の林に消えていく。

あたりは刻々と暮れていく。男子学生はセプティマス・ウォレン・スミスの映像から目を逸《そ》らし、課題を閉じて立ちあがった。これくらいにしておこう。図書館は壁のほとんどが窓で、この場所にいると空という空から昼が引いていくのがわかる。昼は波のように退行し、暑熱は夜のために少しの隙をその懐にあけてやる。このときを、逃してはいけない。それが去りどきなのだから。

階段を降りていくときに、振り返って窓を見た。元恋人は、むろんほんとうにそこから落ちて消えたわけではない。彼女はあるとき、二人住まいのアパートを出ていった。そう、彼女のほうから出ていったのだ。

男子学生は自転車を置いて、サークルハウスまで歩くことにした。whiz、と音をたてて、上空を風がよぎっていく。構内を出るとトラックが、撤去自転車を山積みにしてclatter clatter と走っていった。街は箱に仕舞った玩具をふたたびぶちまけたように騒がしく、とりとめもなく、flap と足許に何かが叩きつけられて、見るとかたわらの並木から墜落した蛾であった。

おおきな羽根を広げたそれを踏んでしまわぬよう注意深く避けて、男子学生は西のほうへと通りを渡っていく。夕焼けの赤は金属を含んだ赤銅色に変わってゆき、やがて焼き切れてそこここに影ばかりが落ちていく。

電柱のそばを通るときは道の側を歩かなければならない。電柱の外側を通るとこの世の外へとはずれてしまう。そんな思い込みを子どものころはときどきしたものだけど、道を歩きつつふと顔をあげると、ちょうどその外側であるところの位置に彼女は立っているのだった。

男子学生はひどく驚いた。電柱の後ろばかりではない、元恋人はしばしば、彼のゆくところいたるところに立っていた。次の講義を受ける教室や、よく使う学食や図書館に。

待ち受けて、何をするでもない。目があうと恐ろしい形相で睨み、彼女のいるところにやってきた彼のほうが悪いとでも言いたげな、ひどい非難の顔つきをして、それから無言で去っていく。

あれは、なんだったのだろうか。

別れた恋人がストーカーになるというケースはままあると聞く。交際を拒絶された男がその事実を受け入れられず、女性をつけまわして犯罪紛いの行動を取るというような。女のストーカーというのも、ないわけではないだろう。

しかし元恋人は男子学生に振られたわけではない。自主的に、自分から、彼のもとを去っていったのだ。振られたのは彼のほうである。振ったほうが振られたほうを待ち伏せるとはいかなることだったのか。

あるいはそれは元恋人ではなくて、彼女の幽霊だったんだろうか。恨む気持ちが生き霊となって彼のあとをついてまわっていたのか。

男子学生は目を擦る。

そこには電柱のかたちをした影が、ただ電柱の影としてうずくまっているだけである。

まぼろし、まぼろしと唱えながら、さらに路地裏へ彼は入っていった。すべてはもう終わったことなのだ。この街を走る道は、縦と横とが垂直に交わると言われているけれど、かならずしもそうではなくて、古くこの国の首都だったところ、その城内だけがそうなのであり、東北に外れたこの界隈《かいわい》は条里制の埒外《らちがい》なのだった。まっすぐ歩いているつもりでも路地の奥へと入ってゆける。迷うことが趣味の人間には打ってつけの道である。

男子学生はとくだんそういった趣味は持ちあわせていないけれど、サークルに入って間もないころはかなりの割合で道に迷った。なぜそんな奇妙な場所にサークルの建物があるのか、なにゆえ構内のサークル棟ではなくて崩れかけたような民家を借り部室にしているのか。それはやはり構成員の趣味が迷うことだからかもしれない。彼の所属するサークルでは、みながみなこの国を出て、あちこち勝手にさ迷ってはまた戻ってくるという遊びをしていた。

割り箸をたててならべたような格子の隙から灯りが洩《も》れる。玄関の引き戸を開けると、なかは外よりさらに暑い。空調などはもちろんなく、それでも素材が木だからかへいぜいは風も通り涼しいのだが、今日のようにひとが集まり、火を使っているとなると駄目である。踵《かかと》の踏み潰された靴ばかりが二十も三十も土間に散らばっている。ふだんから散らばっている靴がそのうち半分くらいはあるから、半分引いてさらに二で割ると、まだ序の口というところらしい。二で割るのは足の数が二だからで、割り切れないのは片方だけの靴がところどころにあるからである。持ちぬしが不明のまま、誰にも履かれることなく置き去りにされた靴たち。

さて、と彼は考える。この世のすべての靴の数と、この世のすべての足の数とを較べたら、果たしてどちらが多いだろう。

彼は誰《たれ》。誰《た》ぞ彼は。

輪郭も名前も記憶も影もおぼろになっていく刻が、昼と夜との入れ替えどきにそれぞれ一度ずつある。かわたれどきとたそがれどきの区別はいつもつきがたく、女子学生はあかがねいろの空を屋上から眺めている。

彼女の住んでいる部屋からここへはかんたんにやってこられるのだった。ベランダの一角がやや低くなっていて、屋上へと続く階段の、閉鎖されたその最後の数段の昇り口へ足をかけることができる。この以前に住んでいたアパートもおなじような構造だった。そこでも彼女は三階の角部屋に住んでいたけれど、やはり屋上へはいともかんたんに侵入することができた。へいぜい自分の寝ている部屋の真上で昼寝をするのは愉快だった。三階の角部屋というのはどれもそうなのかはわからないが、次に引っ越すときにも三階の角部屋にしようと決めていた。

女子学生は屋上を裸足で歩いた。こうしていると昔のひとになった心地がする。靴というものはそのころなく、草履というものもとても貴重で、子どもたちは草履を手に入れると、履いて磨り減らすのが惜しくて大事に懐に入れて歩いていた。だから裸足で歩いていると、自分が生まれるはるか以前に戻ったような心地がする。

もっともそれはこの国でのことで、昔の話を持ち出さずとも、この国を出て海を渡れば靴の足りない場所は幾らもある。靴を脱いで置いていたならきっと誰かが持っていってしまう。旅をするときにはいつでも靴に気をつけなければと誰かが言った。確かあの、妙なサークルに入っているひとだった。そのサークルの家で今晩、パーティーがあるというのだった。

ふたたび携帯端末が震えた。またべつの友人からのメールだった。学食で夕餉をしたためるつもりだがそなたも参るか、と尋ねている。昔のひとになった心地でいるので昔の言葉に変換されて読む。

女子学生は裸足のあしで乗り越えやすい柵を越え、ベランダからまた部屋へと戻った。しかし今度は寝るためではない。パーティーに行くにせよ、友人と夕食をともにするにせよ、何しろ着替えないことには何ひとつはじまらない。

嘆けとて、月やはものをおもはする。

出るころにはすっかりと暮れて、女子学生は浮かぬ顔のまま、浮かぬ顔の月の浮くコンビニへやってきた。蛍光灯がこうこうと照らす店内に踏み入ると、視界が漂白されまっしろになる。流れている歌謡曲は聞き取りやすい日本語で、恋人への愛や後悔、感謝などをいきなり述べられ、知らない人間の身の上話を聞かされる心地がする。

女子学生は棚に向かう。つまみとしてどれも必要であると同時に、どれも不要である気がする。たとえばこの、じゃが芋を薄く切って揚げたもの。これなど一袋買ってゆけばひとはたちまちに食い終わり、もう一袋さらに一袋あったところで足りぬほどであろう。

これらの食品の特性は――と女子学生は考える、美味すぎない、ということである。美味、美味、と袋には書いてある。煽動《せんどう》という煽動が、光り輝く袋の列から束になって襲いかかってくる。が、彼らのほんとうの秘密は過剰ではなく欠如なのだ。ひとつの完璧であるなら、一箇を食べるだけで足りる。それをふたつ、みっつとすぎるのは、おのおのにわずかずつの欠如が仕掛けられているからだ。欠如の先にまた欠如。欠如が車両と車両の連結部分になっている列車。果てしなく続く将棋倒しの先に欲望の死ぬところがあるのだろうが、そのころには、自分も死んでいる。

いざ、これは死出の旅である。

女子学生は棚に背を向けた。目につく限りのポテトチップスをすべて買いそうになったためだ。危ないところだった。実家では食料は母が管理し、自分で金を払って買うことはまずなかった。

これもまた母の呪いだろうか。あるいは餅の、おもかげの。

パン食をやめて日々餅をついて食べれば呪いは解けるのだろうか。新幹線に乗るのをやめて、渡し守の渡す舟で旅すれば、改善されるものだろうか。

靴の海を乗り越えた先にもうひとつある引き戸を開けると、奥に長いその場所は廊下兼台所になっていて、薄暗い電球の下にソウくんが立っていた。

遅くなってごめんと言いながら、一歩を入るとさらに暑く、鼻筋首筋から垂れてくる汗を感じて見まわすと、男子学生にも熱気の理由がわかった。まださほどひとが集まっているわけでもないのにこの家がこんなに暑いのは、かたわらのコンロで煮えている鍋のせいだった。

金属製のその鍋はゆるやかな曲線でふたつに仕切られ、勾玉《まがたま》のそのかたちは互いが互いを追っている。ソウくんが台湾から持ってきた鍋に違いない。半分は白のスープ、そしてもう半分のスープは香辛料に赤く染めあげられて、空中にもその色をまき散らしながらふつふつと燃えていた。

男子学生の視線に気づくとソウくんは、――台湾では夏にも鍋、食べます。と、れいの人懐っこい笑顔で言った。男子学生は頷いた。台湾らしい台湾料理を作ってくれるよう頼んだのは、きっとこのハウスのぬしだった。となると男子学生には何も言うことはできない。

手伝うことはあるかと訊くと、

——じゃあ魚、切ります。

と、古今東西の食材がぎゅう詰めになった冷蔵庫からおおきなビニール袋を出し、さらにそこから魚を出した。ビニールから水が滴って、剝がれた鱗がそこへ落ちる。男子学生は目を見張った。今朝も見せてもらった魚である。ビニールに入ったところを覗かせてもらった。だがあらためて全貌を見ると、あごがおおきく突き出て鰓《えら》の張った、

——ええと、これは。

バラマンディという魚である。オーストラリア北部から赤道のこちら、東シナ海あたりに棲息するのではなかったか。海のないこの街の、いったいどこで仕入れたのだろう。ソウくんは首を傾げながら英語で何か説明した。独特の発音のせいもあってかいまひとつ聞き取れない。そもそも男子学生は聞き取りが得意でない。辛抱強く聞いていると、こう言っているようだった。

——この暑さで薔薇はつぼみのまますべて枯れてしまった。

いったいなんのことだろうか。ソウくんの生まれ育った国にはそんな言いまわしがあるんだろうか。それともソウくんは下宿の窓辺で薔薇を育てているんだろうか。

それとも、と彼は考えた。今日は朝から自分の耳がどうかしているのかもしれない。

足を急がせるほどに、はやくも学食に着いた。

学食は遅くまで開いている。ほんとうは遅くまでの研究や部活動のあとの学生のために開けているに違いないのだが、起きてすぐの食事を学食で取ることの多い女子学生は、自分のような夜型の者のために開いているのだと信じていた。

あしびきの、やまどりのその尾羽根のように長い髪を、くしけずり、また左手でもてあそびながら、プラスチックの湯呑みを前に携帯端末をいじっている。幾つもならんだテーブルのひとつに友人を見つけたので、女子学生は遠くから観察し、枕詞つきでそう思った。すると自分の携帯端末にメールが飛び込んできて、それが彼女からのものだった。遅い、とひとこと書かれていた。

女子学生は謝りつつ、自分も湯呑みひとつだけ手にして友人の正面に座った。ご飯は、と訊くと、もう食べた。あんたこそ、と言うので、あとで食べる、と答えた。パーティーに行くのならば、何もここで食べる必要はない。でもそれならばそもそも夕食の提案に乗ることはないのであって、つまりは矛盾しているのだが、それは女子学生が一時間先のことでもうまく決められないからだった。そんなふうに説明すると、友人はあきれたように鼻を鳴らし、デザートを取りに行ってしまった。

それと入れ違いに、こちらへやってくる女性がいた。七分袖くらいのワンピースに、大判の淡い緑色のストールを肩から羽織っている。ワンピースは白にごく近い色で、色白の肌に似合っていた。あんな服があれば、と思う。あんなワンピースがあったら、少しくらいは外出したくなるかもしれない。

ワンピースの女性はそのまま学食を通り抜けていった。いやいやしかし自分なんかが着たところで仕方がない。女子学生は頬杖をつく。やがて戻ってきた友人は、百円のパフェを手にしていた。ラクトアイスに缶詰の蜜柑《みかん》を載せた程度の代物である。友人の服装は、いましがたの女性とはやや対照的に世相をよくあらわしている。季節ごとにあたらしいものを数着は買い求めるのだ。

――そういう服、ずっと流行ってるね。

ふたたび席に着いたところに言うと、隈取りをした目蓋をあげて、彼女は首を傾げてみせた。――そういう服、って。

――その、袖がだらーんとなってるやつ。

――ああこれ。

友人の着ているのは鮮やかな青色の、袖口から胴のあたりまでが一直線で繋がったような、両腕を広げると布地が、プテラノドンの翼のように見える服だった。そのように言うと友人は、プテラノドンってさあ、と笑う。

――なんていうんだっけ、それ。

――ドルマンスリーブ。

——そうそれ、けっこう長いよね。

流行りはじめのころは、こんな邪魔くさく妙なかたちが長続きするとは思わなかった。けれども存外、続いている。一時などは服屋に入ると、これ以外のかたちを見つけるのが困難なほどだった。

思い当たることがあり、女子学生はノートを開いた。そして今朝からの続きにこのように書きつけた。

ドルマンスリーブの流行は、着物への郷愁のなせるものだ。

腕と胴とのあいだに、布地がだらんとぶらさがっている状態。我々の魂は、無意識にそれを欲している。振袖や留袖の袖のように、振れる何かを欲しているのだ。あかねさす・紫野ゆきしめのゆき・野守は見ずや・きみが袖振る。

いつかドルマンの袖は、身頃と袖口を結ぶだけでは飽きたらず、さらにだらんと邪魔くさく長く垂れさがることだろう。

そこまで一気に書き終えると、湯呑みのお茶を少し飲み、さらにこのように書きくわえた。

スニーカーなどを履くときの、くるぶし丈の短い靴下。あの珍妙な形状もまた、足袋への回帰願望が結晶したものである。

——何書いてんの。

覗き込まれて思わず、明日の予習、と答えた。

友人は、ふうん真面目だね、と、パフェの残りを食べはじめた。せっかくの機会だったのに、女子学生は自分の野心をまたも披露しそこねた。

彼女は下を向き、いっそ予習のふりを続けることにした。ほんとうは授業の準備など、入学このかた数えるほどしかしたことはないのだが。

いくたびも、足袋にて歩く、末もあずまの旅ごろも。

――日もはるばるの心かな。

――なんか言った？

――ううん、なんでもない。

そしておもかげノートの最後に、こう付けくわえた。

野守は見ずや・きみが・どるまんすりーぶ振る。

鱗を落としたその魚をざくざくと入れて煮込んだ鍋を、男子学生は運んでいった。二階へ続く階段は暗く、電球はずっと切れたままで、ひっくり返してしまわないよう細心の注意を払う。鍋からはたくさんの唐辛子と魚と少しの香菜の匂いがした。

二階には五、六人ほどの人間が、畳の間に寝そべっては漫画を読むなどしていた。集まっている、という形容は当たらないように思えた。彼らはただいるだけである。半分くらいは男子学生の見たことのない顔だ。いや、あるのかもしれぬ。あるのかもしれぬがわからない。いつも彼らは入れ替わり、知りあいの知りあいを連れてきたり、またぱたんと来なくなったりしていっこう覚えられないのだった。

一年を通して仕舞われることのない炬燵《こたつ》の天板に鍋を置くと、鍋だ鍋だ、えっ鍋まさかこの暑いのに鍋熱いでも暑いでも旨そうでも熱い、などの声があがり、男子学生は扇風機の回転を速くした。ビールももう開けられていて、からになった缶の幾つかをすでに回収した。

窓から外を覗くと有象無象のひとびとが、路地のあちこちから滲《し》み出してきてこちらを目指しているようである。この家で集まりごとをするとしばしば起こる現象で、ちいさな家がまるでどこまでも膨張可能であるかのような錯覚を催すのだ。男子学生はとある民話を想起した。はるか北方のどこかの国で、猟師が落とした手袋に小動物が入りこむ。そこにもう少しおおきな、たとえば狐などの動物が来て、寒いから入れてくれと頼む。果たして手袋は次第に多くの動物でいっぱいになるのだが、なんと熊がやってきても入ることができるのだ。家賃も安く手狭なこの家に何十人もが集まるさまは、まさにあの想像上の手袋みたいだった。

知っていたり知らなかったりする連中が鍋料理を食べはじめると、部屋のなかの温度は体感で三倍くらいになった。男子学生は汗を拭い、そういえば、と思い出す。

元恋人は、あのストーカー紛いの行動を取っていた時期でさえ、サークルハウスを訪れることはまずなかった。彼女はこの家が苦手だった。知っていたり知っていなかったりするひとびとと、あるのかないのかわからない自意識の壁をときに透明にし、またときに応じて分厚く不透明にする、そんな誰もがやっていることをすることができなかった。

いや、一度くらいはあっただろうか。付きあいの、まだ比較的初期のころ、一年経つか経たないかのころだった。ちょうどあのあたりの壁、入り口から入って右手の、本棚とかがならんでいるそばに膝を崩して座っていた。座布団がすぐそこにあるのに使わず、ぎこちなくしていたけれど、やがて隣にやってきた初対面の部員と話しはじめ、打ちとけた様子で楽しんでいるのかと思ったらあとで怒られた。――わたしが緊張していたのがわからないのか。なぜもっとわたしの面倒を見ないのか、と。

だったらそう言えばいいし、こちらの隣へ来ればいいのにと答えると、そんなことできない、知らない他人がたくさんいてあなたは離れて座っているのに、あれこれと忙しく話し立ち働いているのにそんなことできるはずがない、と言った。

二人で暮らした部屋に戻り、両の手をこぶしに握って頬をゆがませ訴えた。答えに窮していると今度は、ユニットバスに籠もって声を殺して泣きはじめた。洗面台に水を流す騒々しい音がした。泣き声と、また何かの音。プラスチックの湯船を叩きつけているような音。またべつのときには、部屋を暗くしたままずっとうずくまっていた。近づいて髪を撫でようとしたら、思うさまその手を撥《は》ねのけられた。猫に本気で噛まれたような爪のあとが手に滲《にじ》んでいた。

言葉が通じるというのは、どういうことなんだろう。男子学生はなすすべもなく、そんなことをあのころ思い、いまもまた思っている。あんなにたくさん交わした言葉のあとで、どれひとつとして通じなかった。どれもこれもが日本語として、確かに意味はわかるのに、確かに自分にぶつかるくせに意味をすり抜け逃げていく。元恋人とのそうした会話は、キャッチボールというよりもドッジボールのようだった。

——わたしはずっと、遠くから、あなたに助けを求めていた。

そう言った彼女のそのあなたとは、ほんとうは誰だったんだろう。

炬燵の上にはおおきな鍋が、巨大な魚の半分だけの身体を煮込んで煮立った鍋が、ふつふつと湯気をあげていた。彼女の世界はこの陰陽の鍋のようなものだっただろうか。そこには彼と彼女しかおらず、彼女以外の世界の空隙はすべて彼が埋めるしかなかった。埋めるふりをするしかなかった。敵であろうと味方であろうとすべては彼だった。彼女はさしずめ香辛料で染めあげられた魂で、そして白い勾玉は、一見それ自身で存在しているようだがじつは赤い勾玉の影である。あなたと呼ばれるこの自分は赤以外の空白にすぎない。一方は他方によりかたちづくられ、他方がなければ一方もない。

——わたしはずっと、ここにいて、あなたに手を振っていた。あなたを呼び続けていた。

ぱらぱらと、睫毛の先を散らすようにして泣いていた。

怒りのように赤い鍋の湯気に、その姿が浮かんで消える。

家にはどんどんとひとが入っていくようだった。

木造二階建てのちいさな家に、ひとり、またひとりと入っていく。この路地のどこからそんなに湧いてくるのだろう。入りきらなかったひとたちが家の前のコンクリートの路肩に腰掛けて飲みはじめている。とても学生とは思われない髭を生やした二人連れを見て、女子学生はひとりで来たことを後悔しはじめた。学食で一緒だった女友達はそんな家には行かないと言った。パーティーに誘った友人がこのどこかにいるはずだが、すぐに見つかるとは限らない。

骨組みばかりに痩せたその家がそこに建っている長さ以上に古いものに見えたのは、入っていくひとびとが魚のようであることと、あるいは関係していたかもしれない。するり、するりと身を滑らせて、抵抗もなく吸い込まれていく。洗面台の渦の中心へ、消える紅葉《もみぢば》、魚影のように、暗がりのなか、と見ると、格子戸のあたりに内側からの灯りに照らされ、てん・てん、と、落ちているのがひかっている。顔を近づければ海の匂い。

魚の鱗であるらしい。

暗くなければひかりはなくて、暗さを吸い込みひかるかけらに導かれるように戸に手をかける。入るとそこは土間になっていて、散らばっている他人の靴を踏まないよう飛び跳ねて進まねばならない。土間の先の磨り硝子から洩れる鈍い灯りで見ると、スニーカーもローファーもことごとく踵が潰れていた。

踵の潰れた靴というのはどことなく猥雑《わいざつ》でもあった。踵の潰れたものに限らず、本来靴とは猥雑なものなのかもしれなかった。脱いだ靴の内側を覗き見ることは恥ずかしい。それもこんなに大勢の、不特定多数の、たくさんの、靴をまたいで歩きながら、ふとその上にしゃがんでみたらますます恥ずかしいのではないか。そんな場面はとてもでないが、他人に見られるわけにはいかない。

背徳的の行為の果てに磨り硝子の引き戸を開けると、台所にはつい先ほどまで誰かのいた気配ばかりがあって、その先の細い廊下にも、気配ばかりあるのだった。どんどん入っていったひとたちはいったいどこにいるのだろう。家のどこかの排水口に吸い込まれてしまったのか。

その先でまた扉を開けると、庭に続いていた。

ぽっかりとひらけたその場所は、もう長いこと手入れされずに放っておかれた場所特有の、一見でたらめなければよく見れば自然の秩序に則《のっと》った植生であれこれの草木が茂っていて、夜気のわずかな揺らぎとともに揺れるそれぞれの葉の下に、顔のよく見えないひとびとの、ふつふつと、交わす言葉が葉擦れのように聞こえていた。

純粋言語、いやむしろ原《ウル》言語と呼ぶべきか。

鍋を運び酒を運び、中身の減った鍋を台所へ戻してふたたび中身を補充して、二階と一階の行き来を何度か繰りかえしたあとでやっと、男子学生は焼酎に氷を入れて飲んでいた。今朝の着想を反芻《はんすう》していた。

これはもしかしたら壮大な投企《pro·ject》の先触れとなるのではないか。

hilarious とひらり。

atrocious とおとろっしゃ。

このようにして各単語につき、語感も意味も類似した訳語をあてていくことができれば、原文と極めてよく似た発音かつ、意味的にもその訳でありうるような文章を作ることができる。それは一方は英語、一方は日本語でありながら、発音も意味もほぼおなじ、つまり少なくとも音の上では、英語でありながら日本語でもあるという、そのような文を作成することが可能なのではないか!?

エスペラントなど目ではない。

これこそ無敵の言語である。

男子学生はたちまちに軒昂《けんこう》なる自己を取り戻し、そうだおのれのこの生はこの投企のために与えられたのだ。そのように言い聞かせた。

あの半身のまぼろしに、これ以上、罪の意識を抱くのはやめなければならない。

あの日の訴え続けたこと、その意味がわからなかったこと。それは、彼のせいではないのだ。

たぶん。


樹木のあいだにビールケースを逆さにしたものがならんでいて、定かではないが椅子のつもりなのだろうと推測し、女子学生はそこへ座って庭の中央に置かれたテーブルから取ってきた安ワインを飲みはじめた。そうして居場所を定めてしまうと、ふつふつとしか聞こえなかった声が、たちまち意味と内容を持ったかたちを取りはじめるのだった。

——……の足跡を辿っていくと、いろんな類似にぶつかります。

——たとえば。

——行って見てきたからわかります。行って見てきたことでなければ、まあ、わからないんですが。

——勿体ぶらずに、どうぞ。

——たとえばチベットの僧院の壁。そこに描かれた仏たちは、北インドのヒンドゥーの神たちにそっくりでした。極彩色で、色がたくさんある。チベットでは土地に住むひとと、絵のなかに住む神たちが違う顔なんで驚きますが、それは絵のほうがインド人の顔つきだからですよ。あの高原の壁画は、その地の人間の顔ではなく南方から伝わった絵を真似て描かれた。

またぼくに言わせれば、奈良のお水取りの儀式、達陀《ダッタン》、あれはペルシャから来てますね。寺の内陣から火が生まれる。ええそう、火産みなんですよ。内陣は子宮そのものだ。あれは拝火教の系統です。法螺貝《ほらがい》だって七度鳴らす。七度ですよ、七度。……いや奈良では見ていません。対になるものが若狭にあって。ああそのときも思ったんですがね、あの古い儀式のあの感じはまったくヒンドゥーにそっくりだった。それも南インドのね、タミルナードゥの古いヒンドゥー。とくにね、音が似てますよ。儀式のときに鳴らす楽器がさ。ありゃ日本の音じゃありませんね。ええ。

え、なんですって。いやいやそれは空海以前、正式に、伝わる前の仏教ですから。もっともっともふうるい古い、てんじく以来の音なんです。法螺貝の響き、びんざさら。ぼおーぼおーは法螺貝で、さっさかさっさか、が、ささら。たたん・どん、は足踏みです。それ鼠の駆けまわるような具合で。ぼおーぼおー。さっさかさっさか・たたん・どん。ぼおーぼおー。さっさかさっさか・さっさかさっさか・さっさかさっさか・タタタン・ドン！

……まあだから、インドあたりに行くと、この国の昔の姿を見ることができる、ってわけです。

（咳払い）

——ほんとかなあ。

二杯三杯と飲みながら、女子学生はそれを聞いていた。そんなことがあるだろうか。距離の移動が時間の流れをさかさまにして戻すなんて。風が吹くたび言葉が言《こと》の葉擦れを起こすようだった。木の葉が揺れて擦れるのとおなじに擦れてべつのものになる。どこからか、赤ん坊の泣くのも聞こえてくるようだ。誰かがどこかで生まれている。誰かが生まれ何かの祝福を受けている。ここは古代の産屋《うぶや》だろうか。古いということは、あたらしいこと。時間のはじまりに近いこと。はじまりの、まだ若い、あたらしかったころのこの国を探している。生まれたばかりのこのクニの、その時間へとさかのぼる。骨組みばかりの痩せた家ならいかようにも膨らむことができる。ひとを吸い込み、また吐き出して、と思ったら、建物と塀の隙間から雪崩のようにごろごろと、だまになった猫たちがたちまち転がり落ちてきた。三毛猫、白猫、闇の猫。あっという間に霧散する。赤ん坊の声と聞こえていた猫の鳴き声も一緒に消える。

女子学生は立ちあがり、さらなるワインを取りに行った。くらりと右足、左足。位置を変えれば聞こえる声もまた変わる。

──次はどこに行くの。

──マレーシア。

けれどもそれがほんとうならば。

あの小暗い茂みのなかにこのまま踏み入ってゆけば、数百年のときをひとまたぎに越してしまうこともできるのではないか。母も母の母も、その母も、そのまた母もいまだおらず、おもかげ探しをする必要もない時間に辿りつくのではないか。この生い茂った野を分けて吹く風は、古来この土地を描いた絵巻の数々に吹いているのとおなじ風だ。

そう思ったらなにくれとなく、なにもかにもがいとしくて、かたわらの、夏草の、手のひらほどもおおきなその葉を火照った頬にあてがった。その次も、また次の葉も。

そうしてさらにまっくらな、奥の奥へと歩いていった。


Hark, hark!

何かが彼に聞け《hark》と呼びかける。

古い英語のこの単語は、まるで言葉というより風か空気のそよぎのようだった。もとはhearとおなじなのだろう。hearにしても囁き声、いやむしろ呼吸の音のようだ。声ですらない、その息によって、耳をすませてと懇願する。Hark in thine ear. どうかこの息をあなたの耳に滑り込ませて欲しい。

男子学生は目をあげて、宙にその声、いやその息のぬしを探してみた。Hark back で臭跡を辿る。けれども、誰も見あたらなかった。ここにはもう彼のことを呼ぶ者は誰もいないのだ。

焼酎を、いささか飲みすぎてしまったのかもしれない。けれど酔った原因はほかでもない。自分でよくわかっている。

彼はいましがたの会話を思い出していた。大学院で比較言語学を専攻する先輩が来ているのを見つけたので、男子学生は原言語《ウル》についての着想を打ち明けた。おずおずと、注意深く、けれど最後には興奮し、壮大な計画について滔々《とうとう》と述べたてた。

先輩は頷きながら、次第に眉根を寄せながら、彼の言葉をひとつひとつ聞いた。先輩の難しい顔は、男子学生の着想によってその思考が活発になっていることを意味していた——と、男子学生には思われた。だが彼が口を閉じたとき、先輩はひとことこう言った。

——それって……、ただの駄洒落《だじゃれ》なんじゃないの。

十五分ほど前の出来事だった。その出来事からこちら、まったく頭に血がのぼってしまい、羞恥、羞恥、羞恥、その羞恥を掻き消すべくさらに杯をあおったのだった。

駄洒落。駄洒落だって。

でも駄洒落のどこが悪いのか。思慮深く彼の心から敬愛する先輩だった。その先輩は用事があるとかで、さっさと帰ってしまっていた。引き止めたかったが、できなかった。ぐうの音も出なかった。

先輩が悪いわけではない。むろん違う。悪いのは、世にはびこる先入観だ。

これが数百年も昔の世ならどうだったか。歌の上手と言われた貴族たちが三十一文字《みそひともじ》に込めたもの。音の響きがおなじだからとなんでもくっつけ枕にし、意味を重ねたその手法は駄洒落とどこが違うのか。

――ほんとにおかしいよね。

と誰かが言った。若い女の声だった。窓に向かって焼酎を飲む彼の背後から聞こえてくる。

このおかしいは奇妙ではなく笑えるのほうのおかしいだ。声の調子から判断し、男子学生は聞き耳をたてる。何かが hark と彼に言う。どこの誰かもわからない、女の声を聞けと。

――だってね、その友達はろくに中国語ができなかったの。授業で取ってはいたんだけど。それでも自分の名前くらいは読み方を覚えていて、中国から来たひとに会ったときにその通りに言ったんだって。そしたらね、すごく笑われて。

女はちょっと間をおいて、笑い声を差し挟んでから、

――それじゃあインターナショナル・フレンドシップだって言われたって。

ほほう、とへんな相槌《あいづち》を打っているのはソウくんだった。——そのひと、なんて名前ですか。

——谷崎由衣。

——では gǔ qí yóu yī ですね。発音がよくなかったので guó jì yǒu yí、つまり国際友《ゆう》誼《ぎ》という意味に聞こえたわけでした。

男子学生はそちらを向かずに声だけを聞いていた。中国語のわからない彼にはどちらもまったくおなじに聞こえた。中国語は不思議な言葉だった。読むことはできても聞き取ることはできない。まして話すことはさらにできない。

それにしても international friendship なんて、悪い冗談みたいな名前だ。

この部屋は暑いですね、とソウくんが、鍋料理を作った張本人のくせに言った。

——ちょっと涼んできます。

振り返るともう敷居をまたぎ、階段を降りていくところだった。

このパーティーのことならば、手紙に書けるかもしれない。留学生はそう思う。婚約祝いに花でも贈ってやりたいけれども、思いつく花といったらかすみ草くらいだった。かすみ草だけを使った花束を、このあいだ街で見た。妹は子どものころ、好きな花はと訊くと、かすみ草と答えたものだった。従姉妹やまわりの者たちは、かすみ草なんて引き立て役の花、絵でいったら背景に塗る空や土の色みたいなものだと笑った。けれど先日見た花束は確かに豪奢なものだった、かすみ草だけでも素敵なものだと、あのころ顔をあからめ、恥ずかしそうにしていた妹に教えてやりたい気がしたのだ。

でも、と彼は思い直す。妹はもうちいさくない。もうかすみ草を好きじゃないかもしれない。睫毛をくるんとさせるようになった、そんな年齢なんだから。

台所には立派だった金目鱸がまだ残っている。彼は笑いが込みあげる。魚がここへやってきたことを、なぜこんなにも不思議に思うのだろう。この自分が来ているくらいなのだ、魚だって来るだろう。海は繋がっているのだし、山とも繋がっているのだから。

それよりも地球の裏側の、あの大陸で暮らしたあいだ英語で話し続けたこと。そのほうがどちらかといえば、奇妙で不思議なことだった。美しい国、と表記するその国で、彼はたくさんの隣人に出会った。ミャンマー、フィリピン、韓国、日本。シンガポールや香港からの学生とは中国語で話せるが、その他の国の友人たちとは英語で会話しなければならない。飛行機でぐるっとまわって帰れば隣どうしに住んでいるのに、わざわざはるか遠くで生まれた言葉で意思を通わせるなんて。目の前にいる人間と話すのに、伝書鳩でも放ってやり取りするかのようなもどかしさだった。そしてなんだか少しかなしい。そんなふうに言うと、でも英語がなかったならばそもそも会話できなかった、と、友人は笑って答えたものだ。

だけど言語は集合記憶だ。文化と切っても切り離せない。英語というその言語から西洋を取り去ることはできないものか。あるいはアルファベットは表音文字だから、それでこちらの言葉を表記するうちに、英語はいつかべつの言語たちに侵食されていくかもしれない。

純粋言語、とあの学生が言ったことを思い出す。

すると一匹の栗鼠が、頭のなかを横切っていく。

squirrel.

あの国にはたくさんの栗鼠《squirrel》がいた。緑の木の葉のあいだをすり抜け、ゆたかな毛房で平衡を取り、長い身体で草むらを走る。その動きはいかにも、すくゎぃれる、という感じがした。盛りあがっては沈みまたあがる複雑な発音は、関節の多い背中そのものだった。さらに言えばsは、団栗《どんぐり》を抱く手。qは大腿《だいたい》と後ろ足で、uirrelがゆらゆらの尻尾だ。

留学生は台所の裸電球をともした。すると片隅を走り抜けていく、栗色のちいさな背が見えた。ひとびとの心象を移りあるいていた栗鼠が、物語の暗がりへと消えてゆく。そして魚は、さか・な。酒の菜にするからサカナだと、誰かが教えてくれた。酒好きの彼にとっても、その呼び名は悪くなかった。海からあがってきた生きものは、頭と尻尾だけになって、切断面をあらわにしたたままそこへ横たわっている。

かすみ草は、さてなんだっただろう。

コップに水を汲んで飲みながら、留学生は思い出す。baby's breath というのだったか。まだ赤ん坊だったころ、彼が背中におぶってやって子守りしたころの妹の、乳臭い吐息がよみがえる。ふだんはおとなしいのに癇癪を起こすといつまでも泣きやまない、妹はそんな子どもだった。留学生は引き戸を開ける。それは中庭へと続いている。眠りにつけばいつまでだって、今度は眠り続けた子ども。背中に負ったまま見あげれば、眠るその子の天上に、夜空に向かって吐かれる呼気。やがてミルキー・ウェイとなる。彼の国の言葉では、かすみ草は、満天の星といった。

茂みを抜けたその先はぽっかりと明るかった。女子学生はまばたきをした。誰かが、そこに立っていた。ぽっかりとした表情で、空を見ているらしかった。女子学生もつられて見あげた。星が出ているようであった。

やがてそのひとは女子学生を見て、何ごとか言葉を口にした。わからない、けれどわかってもよいはずの言葉だった。現代の、女子学生の生きている世にも、その響きは残っているのだから。

曖昧に笑い、首を傾げてみた。友愛を示すこの表情が、暗いなかでも見えるといいのだが。

するとと願いが通じたのか、そのひとは今度はわかる言葉で、

——だいじょうぶですか。

と言った。

女子学生は頷いた。

ここは古代などでなく、かといって中世でもなくて、さっきまでいたあの家の庭の続きなのだった。まっすぐ奥へ続くかに見えた小道は産道のように斜めに曲がり、最初に入ってきた庭の戸口のあたりに戻ってきていた。

襟つきのシャツを着たそのひとは、今度はどうやら英語になり、頻《しき》りに話しかけてくれるのだけど、酔っているせいかまるでわからない。中国語だって勉強しているのにどうして聞き取れないんだろう。耳から入ってくる言葉。ひとの喉から舌を通って宙を伝ってくる音声。それを言葉と認識し、意味をくわえて生きている。わかることも奇妙、わからないこともまた奇妙。わかると思うとき日本語かというとそれはそういうわけではなくて、中国語でもわかるときはわかるし、英語はだいたいわからない。

それからだんだん英語が中国語に、中国語が日本語に聞こえはじめた。英語に中国語を混ぜたり中国語に日本語を混ぜたりしているわけでもないのに、とある言葉がべつの言語のなかのとある単語に聞こえてくる。

女子学生は考えた。

言葉は言葉どうし繫がっている。または言葉は言葉のなかで、言葉によって繫がっている。

振り返った姿勢のまま、男子学生は焼酎の入ったグラスをあおり続けていた。

パーティーというけれど、そもそも何のパーティーなんだろう。この家で集まりがあるときには一度は抱く問いについて性懲りもなく考えていると、階段から声がした。

——日本の女性は湿気が多い。

男子学生は耳を疑ったが、疑っただけの価値はあり、じっさいはその声は、

——日本の女性は謙虚だ。

と言っていたのであった。humility《謙虚》とhumidity《湿気》とを聞き違えたのであった。その次には野心的《アンビシャス》と聞こえたのだけども、それだってきっと曖昧《アンビギュアス》の聞き違いに違いない。

ソウくんに続いてやってきたのは見知らない女の学生だった。相当に酔っているらしく足許が覚束《おぼつか》ない。

するとかたわらから、ああやっと来た、遅い、どこにいた遅い遅い暑い、などの声があがった。

I《アイ》を明確に、してみよう。女子学生は主語に頼ることにした。階段をのぼりきったと

ころで発してみた。

──わたし、わたしも。

あれ。

──わたしは、わたしが、わたしも。

り。

わたしもり。

気づくそばから渡し守が、その吐く息の声の流れに乗って、棹さし、河岸を滑ってくる。いや、滑っていく。霧にけぶる景色のなかに、ちいさな背中がはっきりと見えた。

ああ、こんなところにいた。

この世にあることの罪障も、ひととしての劣等も、何もかも、手渡される。母が母から母の母から渡されわたしに手渡した。ではわたしは、でも空っぽだ。渡すことで満たされる、いや運動となっていく。彼岸の餅はまだパンでなく、おもかげはいまだおもしろく、かげでなく、卵かけご飯の白身も黄身も食べられず（あの目の前で煮えているのは、卵の黄身と白身ではないの？）。

おぎゃあ、とどこかで猫が鳴く。ああ、あ、、そのときに。

渡されなければ。渡さなければ。渡さなければわたされない、わたしなければいない私はいまだいちにちをはじめない。そう。

What a plunge!　――なんという飛び込み！

舟に揺られてゆらぎのなかで、後戻りすることは、ならない。わたし、と発声したからには、彼女はすでに渡されている。

彼岸へと、彼方《あなた》へと。

女子学生は手を伸ばしていた。おおきく、魂のうつわへと、互いに互いを追いかけあうものらのまるい世界へ届こうとした。

危ない、と誰かが言った。

声は夢のように響いていた。

危ない、と男子学生は言った。

鍋の火は疾うに消えていたが、だからといって香辛料を山と混ぜ込んだこの汁を、かぶってただですむはずもない。できれば御免こうむりたい。いや何としても御免こうむりたい。

しかし叶《かな》わぬことだった。

夜も更けてからやってきた足取りの覚束ぬ女の学生は、ろれつのまわらない舌で何か言ったかと思うと敷居の出っ張りに躓いて、右手をあらん限りに伸ばすと万年炬燵の天板中央をあやまたず叩いてみせた。万年炬燵というのは何も骨組み部分だけ指すのではなく、ていねいにも炬燵布団まで出しっぱなしになっていて、あれは片づけておくべきだったとほんのわずかの一瞬に彼は思ったが遅かった。

あー。

と誰かが言って、そこら一帯が色に染まった。赤のスープと白のスープが混じりあい、その中間のような微妙な色合いになっていた。

ミルキー・ウェイ、空の高みより眺むれば、いずくもおなじ、桃色に、鍋から飛び散る天の河。

しばらく、誰も声を発しなかった。

やがてその学生が顔をあげた。

——はじめまして。

と彼女は言った。

——あんた誰。

と彼は言った。

少し間があってから、女子学生はこう答えた。

——国際友誼。

船は来ない

少年は、その日はじめて盗みを働いた。

迷路のように入り組んだ市場はひとでごった返していた。店番の目をごまかして、ちいさな腕輪ひとつくすねるのは造作もないことだった。生まれてはじめてのことだというのに、右手は、まるでそのためにできていたかのように鮮やかに、考えるより先に動いていた。気がつくとポケットには、白蝶貝《しろちょうがい》を珠《たま》にして連ねた銀細工の腕輪があった。

母の手首に、それはいかにも似合いそうに思われたのだ。たくさんの顔を持つ神々の寺院、その門前にある市場をあとにしながら、少年に後悔はなかった。褐色の肌をした痩せた指が、ポケットのなかで珠の数を数える。彼は夏に十五歳になったところだった。

埃っぽい街路を少年はひとりで歩いた。香辛料をあきなう店のならびを抜けていった。胡椒《こしょう》、肉桂《にっけい》、姫茴香《ひめういきょう》。鼻孔をくすぐる匂いがする。路地の奥にはシナゴーグが建っていた。香辛料の卸問屋は、かつてはユダヤ人のものだった。彼らは貿易で財を成した。

大陸の南端に近いこの港町には、有史以来さまざまな国の者が船で訪れては去っていった。大洋を渡ってきたポルトガル人は、ここに砦《とりで》を作った。やがてイギリス人がそれを破壊した。少年の生まれるずっと昔、何百年も以前のことだ。

東廻《まわ》り航路を拓《ひら》いた船乗りの墓のある教会をすぎ、景色に明るい色が差すようになると、海の近いしるしだった。

海辺には、おおきな網が幾つもつられていた。丸太を組んで浜に固定し、長い木の先に広い網を張って、海に降ろして魚を獲る。中国の漁網、と呼ばれる仕掛けだった。小屋ほどもある巨大な網で、数人がかりで持ちあげる。澳門《マカオ》にいたことのあるポルトガル人がこの土地に伝えたという。

少年は海辺に立った。盗んだ腕輪はポケットのなかで、さっきより重くなっていた。腕輪を贈ろうとした母は、少年を産んだ母ではなかった。彼女が家に来る前のことを、彼は思い出していた。そのときも、海を見に来た。石榴《ざくろ》のような夕陽に照らされた漁網を目にして、息を呑んだ。網は、花で満たされていた。まるくたわんだ漁網から零れんばかりに盛られていた。巨大な花籠を夕陽に向かってならべたかのようだった。

あたらしい母がやってきたのは、それから間もなくのことだった。薔薇よりもなお香りの高い、この土地特有の花をひとびとは惜しげもなく花嫁に与えた。花の洗礼を浴びながら、祝福された道を通ってその女性はやってきた。父よりも、死んだ母よりも、彼女はずっと若かった。

やがて訪れる贈り物は、あの網のなかに入れられてくる——キリスト教徒たちが聖夜につるす靴下の贈り物のように。それを知ったときから少年は、期待に震える夕方にはこの海辺へ立つようになった。

海には、誰もいなかった。獲れた魚を売る屋台も店を仕舞っている。波打ち際を猫だけがうろついていた。中国の漁網を動かすのは、朝から昼のあいだだけだった。一日の役目を終えた網はハンモックのように宙につられていた。墨色の影になって海へと迫《せ》りだしていた。

たくさんの花を戴いて来た花嫁は、翌朝にはもう暗い台所で忙しく働いていた。額には、既婚女性であることを示す赤い点がつけられていた。それが一年前のことだ。母親がいないということに、少年はやっと慣れたところだった。べつの母親がいることに慣れるには、まだ時間が掛かりそうだった。

彼は腕輪を取りだした。真珠を抱いて育てる貝の艶やかな表面が、夕陽と海の色を映していた。嫁いだ日の衣装を着なくなり、控えめな服に身を包むようになっても、彼女の手首にはつねに幾重もの腕輪が嵌っていた。骨が透けるほど華奢《きやしや》な腕は、いまだ少女のものだった。父親よりも息子である彼の年齢に近いのだ。細い金属の触れあう音で、彼女のいる場所はすぐにわかった。家のどこにいても、少年は、その音に耳をすませていた。

遠くで、汽笛の鳴るのが聞こえた。彼は顔をあげた。そのときだった。漁網のハンモックに、やわらかな頬をした赤ん坊が入っていたのだ。ふっくらとした指を咥《くわ》えて、その子どもは少年を見た。夕焼けの海に浮かんだ揺り籠。映像はすぐに消えてしまった。けれど彼にはわかった。――もうじき、弟ができるのだ。

手にした腕輪を少年はしばらくのあいだ握りしめていた。それから、思い切り海へと放った。波の色は貝の色とよく似ていた。海から拾われたものは、その水底へと還《かえ》っていった。

汽笛を響かせたはずの船は、どこにも見あたらなかった。西の果てからのひとびとがかつて往来した海は、静かだった。凪いでいく水平線を少年は眺めていた。彼を連れていってくれる船。その船はまだ、やってこない。

天蓋歩行

ひかりがやってくる。

霧の帳《とばり》を掻き分けながら私の許へやってくる。

五色の羽根と嘲るような黄色い嘴《くちばし》の鳥が肩にとまり、左の、五十三本目の腕に隠れていた三毛栗鼠が、気配を察して顔をあげる。無花果《いちじく》が実りはじめたことを動物たちは知っている。私の身体に巻きつきながら育ってきた蔓植物の実が、膨らんで、じき食べごろになることを知っている。

目の前には、半マイルほどの彼方に二本の高木が聳えていた。周囲のほかの木々から抜きん出て伸びている。この私とおなじくらい、高く巨大な木だった。それは kapur 樹で、同種のものがめずらしく隣りあって生えていた。kapur の葉は、けして重ならない。双子のその木は互いに触れあうことなく、森の中央に立ち尽くしていた。

私を覆うたくさんの葉が、そのとき、ほんのわずかに揺らいだ。何かが私に、まばたきをさせたのだ。その正体を、探した。私の身体の何十万分の一かのおおきさの蝶だった。幹のまわりを飛んでいた。

Morpho adonis huallaga。異国のうつくしい神の名を与えられた青い蝶。私は右手を差しのべた。青い生きものはそこへとまると、やがて静かに羽根をたたんだ。あるはずのないことだが、右手の、生きものがとまったあたりに、仄《ほの》かなあたたかみが感じられた。そのあたりの樹皮はまだ若かった。ゆえに敏感だったのかもしれない。喜び、とのちの私なら呼ぶことになる感情が、そこから徐々に広がっていった。身体のうちをめぐる水分が、透明になっていく。

——————。

——どうかした。

声がして、我に返った。私はたちまち森を抜け出し、休日の餐館《レストラン》のざわめきのなかに座っていた。

白い布をかぶせられたテーブルの向こうには、女がいた。黒い瞳がこちらを覗き込んでいる。——なんかいま、笑ってた。

真っ青な蝶の羽根の色は、彼女の髪を覆い隠すベールの色になっていた。その背後では、景色が少しずつ動いていた。森を切り拓いて出来た都会。その中心に、私たちはいた。

ビル群が雲を貫き空へと伸びている。足許の床がゆっくりと回転する。かたん、かたん、と音をたてながら、時折がくりと調子を外し、一時間でひとまわりする。塔の最上階をまるまる使って作られた円形の食堂は、周囲の壁すべてが窓になっていて、この都会の眺望を得られる仕組みとなっていた。

――なんでもない。

私は答え、不必要におおきな面積の皿――大皿にほんの少しを盛るほうが洒落ていると、ここの連中は信じ込んでいる――の両側に置かれたナイフとフォークを取ろうとした。そして落とした。

女はいかにも可笑《おか》しそうに言った。

――男のひとって不器用だというけど、あなたの場合、それ以前の問題ね。

フォークはまだテーブルに載っていたが、ナイフは床のどこかへ転がっていった。布に覆われたテーブルの下は、襞のように垂れさがる蘭《らん》の葉に隠された林床を思わせた。その暗がりに潜り込みたくなったが、そんなことをすればきっと女が気を悪くするだろう。私は腕を降ろして座っていた。

女は肩をすくめてみせると、両手をなんの躊躇いもなく白い陶器の皿へ差し入れた。小麦粉をふくらせて焼いたものを、人差し指と親指とで引き裂いてはスープに浸す。褐色の指先が赤く染まっていく。

――こうすればいいのよ。

彼女が私の警戒をたちまち解くのは、こんなときだ。この都市の名を冠せられた塔の、値段の張るレストランで食事していても、市場のサテを食べるのとまるで変わらず振舞うことができる。もっとも、ここへ来たいと言ったのも彼女自身だったのだが。

女はその皿を食べ終えると、

——ドリアンを取ってくる。

ナプキンで口と指先を拭い、立ちあがった。ブラウスの裾をひらめかせ、ビュッフェのテーブルへと歩いていく。

その言葉は私に、森に降る果実を思い出させた。麝香《じゃこう》に似た匂いのあの果実。森の木々がいっせいに開花し、実をつけた、あの祝祭の年のこと。

空席になった椅子の向こうで、景色がまた少し、動いた。二本の塔が視界に入る。私たちのいる塔とはべつの、よりあたらしく、高い塔。ここからだとわずかに重なって見えた。ビルの群れに囲まれながらも、そのどれよりもずっと高い。無数の窓を積みあげた姿は、硝子という名の菌糸を全身にまとっているかのようだ。日光を受けてきらびやかに輝く。この地の何より高く聳える、ペトロナスの双子の塔。

私には、それがべつのものに見えた——森の中央にいた kapur 樹だ。独特の香りと成分のために、他の植物を寄せつけずに立つことのできる種族だった。私の親類である双子の木は、しかし私よりも先に死んだ。

ではあの塔も、木なのだろうか。

私は、人間である私は、皿の上の肉を齧った。羊《マトン》は冷えて、味がしなかった。

あの塔は、石油資本の象徴として建てられたのだった。しかし石油もまた、遠い昔に死んだ樹木、はるか時間のみなもとで死に、地中深くに眠っていた森が姿を変えたものだ。

この都会を構成するものは、すべてかつては森だった。

そしてこの私は、木であった。

泥の川のあわさるところ。

それがこの都市の名前だった。

都市がいまだ都市でなく、ふたつの川の合流点にある集落にすぎなかったころ、私は森の一部だった。

私は、巨大樹《emergent》と呼ばれていた。私は森そのものだった。

つるつるとした胴体は地上数十メートルに及び、樹冠付近で枝を広げていた。幹は地面に近づくにつれ幾つもの板のかたちに分かれ、中心から外側に向かって襞を作っていた。襞のひとつひとつは人間が隠れられるほどにもおおきくて、それがそのまま根となって土地と結びついていた。地下には、樹冠とおなじくらいに広い根が網を張っていた。

はじめから、そのようにも巨大だったわけではない。

　林床に生え出たほんのわずかな表面積の緑の葉。一対の若い芽が、私の最初の姿だった。種子として枝に生り、着床する地面を求めて宙を飛んだころの記憶はない。

幼い私は見あげていた。はるか彼方で大木たちが枝葉を広げるのを、ただ見ていた。か弱い羽根を震わせる蝶をのちに愛おしく思ったのは、あるいはその当時の記憶が強く残っていたからかもしれない。私は、ひどく脆弱《ぜいじゃく》だった。二十センチほどの幼木にまで育つことができたものの、数えるほどしかついていない葉は、蝶の羽根よりもまだちいさかった。林床はあまりに暗く、それ以上育つことはできなかったのだ。

その姿で、何年の時をすごしたか。五年。七年。もっとかもしれない。私はただひたすら待っていた。

半島を襲った台風のせいで、老いた巨木が倒れたことは、僥倖というほかなかった。頭上を覆う屋根の一部が割れて、私にひかりが訪れた。目が眩むほどの、強烈なひかり。身体が痛いほどだった。実際、痛みはすさまじかった。細胞という細胞がいたるところで分裂し、ひかりと水とを吸い込んではどこまでも伸びていく。その準備は、できていたのだ。ただ機会さえあればよかった。自分でも驚くほどすみやかに、私は成長していった――。

――そのお話、とても好きよ。

そのころのことを語ると、女は、そんなふうに言ったものだった。——だからもっと聞かせて頂戴。

ソファの背に頬をあずけて、ねだるように言ってみせる。家のなかではベールは外していた。布地から解放されると、髪は黒い宝石のように艶やかにそこから転がり出た。

私は首を振った。

——これはお話なんかじゃない。

泥の川のあわさる街で、私たちは雨に降り籠められていた。女はソファに、私は床に座り込んでいた。雨のなか出掛けていくことなどは、ほんとうは造作もないことだった。女もまた同様だっただろう。雨にせよ何にせよ、凌《しの》ぐものなどない場所で暮らしていたことがあるのだから。けれども、出掛ける必要はなかった。女は仕事が休みだったし、私には仕事そのものがなかった。

女と一緒に住みはじめて、まだ間もないころだった。

tap・tap・tap・tap
アパートの窓から突き出た庇《ひさし》が雨粒を受ける音がする。それは私が森で聞いた音、無数の耳朶《じだ》や目蓋そのものである緑の葉たちが雨を弾いて鳴らしたあの音によく似ていた。私に落ち、私を叩き、私を打ち鳴らす雨という雨。

長い暑熱に飢えていたあとで、乾いてあちこち砂埃をかぶった全身が潤っていった。

身体は水を吸い込んで、そのまま血液と成していく。森をめぐるもの。森の体液。

樹冠は驟雨《しゅうう》にざわついていた。地上数十メートルの、高い幹の天辺に近いそのあたりに密集して傘のようについた枝と葉に、生きものたちは暮らしていたのだ。私や、私と種族は違いながらもすぐ隣に立つべつの木や、さらに隣の木々のあいだを枝を伝って往き来した。地上に降りることは滅多にない。その彼らが遠雷を背景に、雨に向かって声をあげる。

ki・ki・ki・ki　　　uuhUhuuuuuhUuuuuuuhHU

tap・tap・tap・・・

sa――　　sptttttttttt　　deumDong

riiiiieu riiiiieu ryuuu ryuuu ryuu・・・・・・・・

音が空間をかたちづくる。音が空間をひらいて、その場所は音によってどこまでもひらかれていく。私の身体の、私の腕と腋《わき》のあいだのほんのわずかな隙間のなかに、無数の音が混在していて耳をすませばすますほどに、それは幾らにも増えていくのだ。私の身体はひろがっていく。私の身体のあらゆる場所が音に満たされ、ひらいていく。私の想念は、私の記憶は私の感情のすべては、それら樹冠の音によってかたちを与えられていった。

樹冠の言葉。いまとなってはその表記法どころか音の様相すら定かではないが、そこには確かに存在したのだ。ささめきの言葉というものが。

森のあちこちで呼び交わす、種をおなじくするものたちの言葉。長く頑丈で嘲るように鋭く尖った嘴を持つ極彩色の羽根の鳥たちは、私の樹冠でももっともよい場所に陣取って、喇叭《trumpet》奏者さながらに、PuuKa puuka PUUUUUKA と、喧《やかま》しくまた調子の外れた吹奏楽をかなでた。その声は何マイルも先まで届き、あちら側から鳴きかえすべつの個体の声がした。

あるいは鋸《のこぎり》、あるいはよくいえば前衛的な弦楽器《violon》の奏者もいて、銀色のその虫が震わせる羽根の音は、私の無数の耳すべてを聾《ろう》するのではというほど煩《うるさ》かった。

——ではあなたは、どんな言葉を持っていたの。

アパートの埃っぽいソファの上に、私を誘いながら彼女が言う。古物市の見切り価格で買ったソファは、どんなに叩いても埃が抜けることはなく、それでも女は拘泥せずに平気でそこへ寝そべっている。長くはないが痩せた手脚。灰色がかった褐色の肌は、若木の樹皮を思わせた。——あなたとおなじ種族のひとたちは、森のなかではどこにいたの。

私はその肌に触れる。なめらかな表面は、けれど若木のようにはひややかでなく、内側に籠もるような熱を持っている。——その種族のひとたちと、あなたはどのようにして意思を、心を通わせることができたの。

答えるより先に、七つの色をひといろに持つ甲虫の背に擬態させたかのような、塗料を施した爪のある五つの指が私の口を塞ぐ。森にさまざまな種族がいるように、泥の川のあわさるこの都会にもさまざまの種族がいた。ベールをかぶった種族。どんなに太陽にあたっても水底の石のように青白い肌のままの種族。あるいは漆黒の肌をして、まるくおおきな黒い目と硬く通った鼻筋を持つ、海を渡ってきた種族。彼女はベールをかぶった者たちの種族に属していたけれど、敬虔《けいけん》な教徒というよりはひとりの街娘だった。戒律を破らない範囲での悦《たの》しみを好んでいたし、halalをすませた市場の肉を食べることも好きだった。そしてこの街の種族のどれにも属さない私を受け入れた。

窓の外に耳をすます。建物と建物の隙間にある部屋は、正面の高い壁に遮られて晴れているときでもろくに陽が差さない。彼女がなけなしの給金で賃料を払うこの場所は、懐かしくも暗い、林床に似ていた。外の様子を伝えるのは音ばかりだ。庇に落ちる水の韻律。私の上に落ちかかる彼女の身体の韻律。

tap･tap･ta・ta・・・・――。

雨には、やむ雨とやまない雨とがある。

この雨はじきにやむだろう。

雨のやんだあとの森には束の間だけ生きるものがあった。

幻の花、と私はそれを呼んだ。幽霊、とも、残像、とも、または記憶と呼ぶものたちもいた。

透明で摑みどころがなく、ひらいたかと思えばすぐに消えてしまう。茸《mushroom》は私たちの皮膚がもっとも湿潤になるひとときに、枝や、幹や、そして取りわけ根のあたりに、雨滴の一粒のなかに生え出ては、たちまち私たちの輪郭を鱗のように縁取った。

不思議なことだ。茸たちが何に似ているかといえば、海中を漂うあの海月《くらげ》にそっくりだったのだから。成分のほとんどを水に頼るがゆえの類似だろうか。同時に、茸は私たちの似姿でもあった。私の身体の何百万分の一かのおおきさのその顔は、たとえはじめて見るものであっても、知っていてしかるべきものだった。それは菌類《fungus》が地上にあらわれる一瞬の姿であり、菌類は私たちの神経そのものだったから。

茸を記憶の顔と呼んだのは、あの双子の kapur 樹の弟のほうだった。私たちは、しばしば会話した。兄は無口なたちだったが、私から見て左側に立っていた弟は、菌類の網の目を通してしばしば話しかけてきた。

縁戚関係にある種族どうしはどんなに遠く隔たっていても、その種に寄生する真菌を通して会話することができた。真菌は糸のかたちをし、地下を複雑にめぐりながら、広大な森の端から端まで繋がっていたからだ。その糸を通して私たちはさまざまなものを分かちあっていた。いずれやってくる大雨の気配、吹き荒れていた大風の記憶。

大陸から蝶の群れが訪れることを知ったのも、その網《network》の目を通してだった。森の北端に立つ双羽柿科《ふたばがき》の大樹がそれを察した。私にとっては伯母にあたる木だ。姿を見たことはなかったが、たたずまいを知ることはできた。その木を起点に青の感覚が、まばたきのような羽根の動きが、糸を伝わり根の先を刺激した。報《しら》せは信号《pulse》として伝わる。私は、眠りから醒《さ》めたところだった。

巨大樹がいつ眠り、いつ目覚めているか。それを知ることができるのもまたほかの巨大樹だけだった。何十日も眠ったままのこともあれば、何百日も目を醒まして虚空を見つめていることもあった。

——ではほんとうなのね。樹木どうしが意思を通じているということは。たったひとりで孤独に立ち続けているわけではないのね。

どうだろう。何を孤独と呼ぶべきなのか、私にはわからない。あまりにも長く不規則な眠りと覚醒を繰りかえしながら、私たちは、恐ろしく時間をかけて老いていった。私はさまざまなものを見た。あるいはすべてのものを見た。

——記憶を共有できるなら、感情だって共有できるのかしら。

私には、答えることができない。私は記憶と感情を区別することがない。

雨があがったあとで、彼女は仕事へ出掛けていく。職場へ向かうときのベールは控えめな茶色に似た色だ。肌の多くを薄いけれども透過性のない布で覆い、少しだけ踵のある黒い靴を履いて出る。私とふたりきりでいるときのあのたたずまい、黙ってただ景色を見ているときでも全身から発散される生命の輝きのようなものは、衣装の内側へ隠されて、なかば封じられている。四角く大判な書類、それもまた森の一変形であるところの紙の束を、肩から掛ける鞄にごっそりと詰めていく。

重たくないのだろうか。訊くと、彼女は何も言わずに、ふだんの二割引きほどの笑顔で微笑む。仕事があるだけ幸せなのだとその表情は告げていて、それはまったくその通りだ。この街の雇用は海を渡ってきた者たちが握っている。彼らは計算と知略に長けているから。私には、さらに仕事がない。彼女を送り出すと私は、ばねの緩んだ黴《かび》臭い寝台の上に横たわる。

両腕を左右に広げ、両脚もまた軽く広げて関節を伸ばす。ひとりの部屋で目を閉じる。すると横になった私の身体を、その隅々まで動きまわる彼女の気配が感じられるのだ。彼女の感触が残る身体は、その歩いていく経路を仔細《しさい》に追うことができる。狭い路地裏から表通りへ出ると、日用品をあきなう露店のあいだを縫うようにして地下鉄の駅に着く。くだりのエスカレーターは通勤途中のひとで溢れている。改札ではときに検問がおこなわれ、政府の乗り物に爆薬を持ち込んでいないか取り調べを受けることもある。検問は日ごと頻度を増し、わずらわしい手続きとなってゆく。彼女は頰の輝きを次第に失い、茶色や灰色や紺色の、おとなしめの衣類をまとったひとびとのうちのひとりになる。

そうして、顔のなかに顔を隠すのだ。そのほうが速く歩けるし、そのほうが足並みを揃える役に立つ。職場へと向かうひとびとの群れは、どんな強力な独裁者に捧げる団体操《マスゲーム》より足並みが揃っている。

街の中央を貫いて走る一本の大通り。それが幹なのだとすれば、その両側から生えて伸び、その先でさらに幾つにも分岐していく道は枝そのものだった。その枝のさらに先で、葉脈のもっとも細く頼りないひとすじに吸い込まれるようにして彼女は消える。灰色の床に灰色の事務机をならべた部屋がその場所だ。右の書類を左へ移し、左の数字を右へ移す。今日の数字が昨日の数字に続いていることが何より大事で、彼女は自分が自分であることすら忘れて働かねばならない。私は、右手の人差し指の先端を見つめる。私の枝の先、彼女が通っていった道。私の幹、私の脊髄、私の身体の目抜き通りを彼女は歩いていった。私はそのとき木でありながら森であり、つまりはこの都会そのものである。

Kulim、Jelutong、Perai、Ipoh——この半島では多くの街の名が、木の名にちなんでつけられた。街が木であるならば、そして私たちがかつて一度は木であったものならば、私たちは同時に街でもあると言えるだろう。

地下鉄の線路は美術館のあたりで地上へ乗りあげる。電車のなかは満員で、座ることなど到底できず、彼女は長い道のりを荷物とともに立っている。俯いていたその視界に、ふいに窓から景色が飛び込む。高層建築が建ちならび、瀝青《アスファルト》に覆われた直線の道路には、自動車が何百メートルも渋滞の列を作っている。数年後には近未来の設備をそなえた乗り物が走る予定の線路は、けれど目を凝らせば両側から、落ちかかるような森の樹木にいまにも呑み込まれていくところだ。深緑色の手のひらがほうぼうから道を隠す。常夏の国を絶えず冷やし続ける空調《エアコンディショナー》の室外機と、乗り物たちの排気ガス――それはもともと地の底にあった石油だ。私もかつて労働者として掘り出したことがある――とが、いやがうえにも温度をあげる空気を、木々は枝葉を揺らしながら貪欲に吸い込んでいく。そして代わりに吐き出す霧が徐々に立ちこめる。

森は膨らんでいく。電車が霧に包まれる。彼女は、何かを思い出しそうになる。けれどそれが何かはわからない。

私はいまだ寝台に横たわったままだ。彼女が私に近づいてくる。帰りの電車の速度は遅い。私の静脈を、指の先から心臓にまで、ゆっくり、静かに近づいてくる。その気配を感じると、私はやっと寝台から起きあがり、ものの数歩で玄関に辿りついて、扉をあけて階段を降りる。アパートぜんたいの入り口は罅《ひび》割れた灰色だ。誘蛾灯に集まる虫たちのばちばちとした羽音を聞いていると、やがて夜道を歩いてくるその姿が見えてくる。私に気づくと驚いたように目を見ひらいて、彼女は言う。

――なぜ、帰ってくる時間がわかったの。

私は答えずに笑っている。

彼女の美質はすべてを信じることだ。けれどもそれは、何をも信じないということとおなじかもしれない。何かを疑うには余力が要る。彼女はあまりに疲れている。度重なる裏切りと、長く徒労に満ちた昼間の仕事。あるいは彼女は生のどこかの時点で、信じるということそのものに疲れてしまったのかもしれない。

私は思い出す。彼女とは反対に、すべてを疑ってかかった女を、かつて知っていたことがある。

過去のなかで、記憶のなかで、あるいはべつの前生《ぜんしょう》のなかで――私にとってはどれもおなじことだ。記憶と感情とを区別しない私は、過去と前生をも区別しない。

いまその女の感覚が、泥の川の街に暮らす彼女とはべつの経路を通ってやってくる。それはおそらく、大陸からの蝶の群れがやってきたのとおなじ感覚の路《みち》だ。

緑色に、藍色に、暗く茂ったたくさんな葉の、すべての裏に蝶々が隠れていてそれがいっせいに飛びたっていく。瑠璃色の羽根をした、蛍色の羽根をした、白く、赤く、また青く、または黒く濡れたような、または淡くどこまでも透きとおるような羽根をした数々の蝶々の群れ。ひかりの加減で、湿度の傾きでまったくべつの色になる。そうした羽根を持って生まれた、そうした羽根を持つことを生まれたときから決められた蝶たちが、まるで暗がりからいまはじめてこの世にあらわれたかのようにあらわれて、私のまわりを群れをなして飛び、ものの数秒ですべて消える——。

女と出会ったのは数年前、あるいは百年の昔だった。翠玉の丘《emerald hill》と呼ばれる界隈に、その女は住んでいた。

紺碧に焼きあげたタイルを隙なく張った家々の壁、または翡翠《ひすい》を惜しげもなく敷き詰めた街路は、ひかりというひかりをばらばらにしてはふたたび集めて反射した。自然の秩序とはべつの、自然の秩序を壊したあとでひとの手により組みあげた秩序がその場所にはあった。鏡のようでありながら、何を映すこともできない街。自分以外の何ものでもあり得ない、自身以外の何をも映すことができない、それはこのうえもなく豪奢で富裕な界隈の貧しさであると思えた。その丘は移民の街だった。移民、と私はあえて呼ぶ。彼らは大陸から来た者たちだった。

昼と夜とを一年を通してきっちりと等分にする、熱帯の分け隔てのない太陽。その太陽を、北の土地からやってきた者たちは恐れていた。そのゆえだろうか、翠玉の丘では正午は忌むべき時間帯だった。

影がもっとも短くなり、脱ぎそこねて踵に引っ掛かった古い衣服のようなものでしかなくなる昼近く、そして地を歩くものの影という影が一瞬だけ完全に消えてなくなる真昼には、魂と身体は危険にさらされると彼らは考えていた。影はその持ちぬしの身代わりであり、冥府から来る使いの目を眩ませる役を果たしているからだと。その時間、灼熱の戸外を歩きまわることは、丘に住む彼らの宗教においては不吉であるとされていた。

女が私を呼んだのは、そのような昼のうちのひとつだった。

私はそのころ下男としてその家に働いていた。女の住む家は、富裕なその界隈でも取りわけておおきく、立派だった。大理石の回廊は四角い中庭を中心にまわり、その周囲には無数の小部屋があった。それぞれの部屋には犇《ひし》めくほどの調度類が置かれていた。大陸からやってきた一族の家族が住み、朝から晩まで、起きる前から眠ってしまったそのあとまでも、山ほどの規則にのっとって暮らしていた。東西南北をさらに細かく、際限もなく刻んだ円形の盤を一族は持っていて、その示す方位にしたがい吉凶が決められていく。そんな生活と家の機能を維持するために、幾つもの仕事が発生していた。私を含めて数人の男女がその仕事のために雇われていた。住み込みで働く者もいたが、私は丘のふもとに寝泊まりしながらそこへ通うことにしていた。彼らの屋敷はある側面において私を脅かし、そこで寝食をともにすることはできないような気がしていたのだ。

その昼間、私は台所で石を研いでいた。朱色に塗られた壁の台所は、家の南西の片隅にあり、天井近くに刳《く》られた窓はちいさかったが、ひかりを通した。彼らの住まいは壁が分厚く、たっぷりとした採光の中庭を除けば、陰になった場所が多かった。この熱帯の土地に最初からいるものたち、取りわけ精霊の類いを恐れていたためだろう。外部と通じる窓や扉、門などにはことごとく文字の透かし彫りがされていた。それは彼らの故郷である大陸で生まれ、使われた文字たちだった。ひとつひとつがそれだけで意味を代表することのできる表意文字。この地の土着のものであり、どちらかといえば精霊に近い私を、その文字は逆に脅かした。私が台所を好んだのは、いることを許された部屋のうちでもっとも明るかったからだけでなく、その窓に文字の意匠が彫られていなかったからでもあった。

石を研ぐことは私の仕事ではなかった。いや、仕事ではあったけれど、その屋敷で私がするべきと定められたものではなかった。午前中にするよう言われていたこと——竈《かまど》の煤を払い、薪《まき》を割って、いつでも火を熾《おこ》せるようにしておくこと——は、疾うにすませてしまっていたので、森で拾った石を加工することにしたのだ。それは白っぽい花崗岩《かこうがん》で、うまくすれば鏃《やじり》として用い、魚を捕る役に立てられそうだった。

戸口に人影が立って、それが女主人のものだとわかったとき、私は、咎《とが》められるのだと思った。屋敷の砥石《といし》は上等なもので、もちろん花崗岩など研ぐべきではない。手のなかにあった白い石を私は咄嗟に隠した。けれど女主人はそんなことはどうでもよさそうだった。彼女は言った。

——部屋のなかに、何かが入り込んでいる。

居室である二階の部屋に、得体の知れない生きものが入り込んでいて、怖いのだという。午睡を取ろうと横になったところ、何か白いものが床から壁から飛ぶように走りまわるのだ、と。

――あるいはほんとうに、飛んでいるのかもしれない。それすらわからない。目をひらいて見ようとすると、とたんに隠れてしまう。

女主人は狼狽《うろた》えていた。細かな刺繍《ししゅう》をふんだんに施した衣服の裾が乱れていた。目許には、隈ができている。

見に来てもらえないだろうか、と彼女は言った。私は答えに迷った。女主人の部屋に入ることは、使用人のなかでも下の身分の私には許されていなかった。

――いまは、ひとが出払っている。

彼女の身のまわりを世話する女は、朝に使いに出たまま、戻らなかった。

ほんとうに構わないのかと念を押すと、頷いたので、あとをついていった。女主人は長い衣装を揺らして歩いていった。魚をかたどった井戸と羊歯類《しだ》の植え込みのある吹き抜けの中庭を進んでいく。二階への階段は北東の角にあり、台所とはちょうど対角の位置だったが、庭を斜めに突っ切ることはせず、回廊を正確に曲がっていった。二階部分の回廊には、吹き抜けに面してぐるりと手すりがついていた。透かし模様をいちめんに施した錬鉄製のものだった。二階へあがることはほとんどなく、また許されてもいなかったので、その金属工芸《アイアンワーク》の向こう側は別世界のように思われていた。

螺旋階段にも同様の装飾が施されていた。鉄の板というよりは、金属の糸でもって編みあげたような印象で、面積よりも隙間のほうがずっと多かった。このような作りで強度を保っていられるのか不思議だったので、足を乗せるとき躊躇った。女主人はまるで重さのないような足取りで昇っていく。絹の上履きにぴったりと包まれた足は、ちいさかった。おおきくなりすぎないよう幼少期から何か施しているのかもしれない。大陸には、そんな習慣があると聞いたことがあった。

部屋にいたのは、なんのことはない、ただの蝙蝠《こうもり》だった。精霊でも死者の魂でもなかった。日光のなかを飛んで目が眩み、迷い込んだものと思われた。寝台の下に蹲《うずくま》っていた。

——蝙蝠だ。

と私は言った。

——でも、白い。

と女は言った。

確かに、それは白かった。身にまとうべき色を忘れてきたかのように。

——不吉だ。

と女は言った。——黒くあるはずのものが白いのは、不吉だ。

私は、女のそのような物言いが気に入らなかったが、黙っていた。

蝙蝠を捕まえてしまうと、することはなくなった。女主人とはそれまで会話というものをしたことがなかった。する必要もなかった。そのまま下がってよいものかわからず、私は部屋のなかを見まわしていた。

その視線に気づいたためか、しかしほとんど独りごとのように、女は言った。

――空疎なほどに飾りたてて。

私は女主人を見た。彼女はまた、こうも言った。

――飾りたてればたてるほど、この部屋は空疎になっていく。

逆のことを、私は考えていた。箱形の、天蓋つきの夫婦の寝台を彩る細工――それは黒檀《こくたん》を彫った上から金箔を貼ったものだった。あるいは数え切れないほどの色を使った細かな模様の絨毯。あるいは寝台に取りつけた緞帳《どんちょう》に施された刺繍。これらの装飾、その工程をおこなった者たちの視線が、部屋には溢れているように思えた。このすべてを作った者、または贈った者たちの目が、息苦しいほどに部屋を満たしている。

――……あるいはあなたは、それをこそ空疎と呼ぶのだろうか。

女主人は、目を瞬《またた》いた。私の言うことがわからなかったのか。または私のような、丘のふもとの森に住み、薪割りばかりをしている下男がそんな口を利くなど、奇妙で分不相応だと思ったのだろうか。

しばらく何も言わずに視線をさまよわせていたが――咎めるべきか、咎めないべきか、判断していたのかもしれない。そして咎めないことに決めたのだろう、彼女は窓際へ歩いていくと、卓子と組になった一対の椅子の片方へ腰掛けた。もう一方に座るよう、私を促した。そして尋ねた。

——あなたはどこから来たのか。何をしてきた者であるのか。

私は答えた。

——私はかつて森を狩猟に生きた者であり、その以前には虎であったが、それは束の間だけのことで、そのさらに以前には、長いあいだ木であった。

女は、今度こそは眦《まなじり》をあげ、あり得ない、と言った。

——そんなことは不可能だ。ひとは一度の生のうちに、そう幾つもの何かであることなどはできない。

私は言った。

——それはあなたが大陸から来た者であるからだ。

この場所では、海に囲まれ森林に住まう者たちの国では、命の成り立ちが違う、と。

女はますます眦をあげた。黙って、私と、私の捕まえた白蝙蝠を凝視していた。この不躾な異教徒を屋敷へ雇い入れたのは、誰の責任によるものか考えていたのかもしれない。白蝙蝠は火の消えた角灯《ランタン》のなかに入れられ、硝子張りのちいさな牢獄の内側でおとなしくしていた。

卓子の上を、私は見た。そこには花が飾られていた。硝子の器に、やはり硝子で拵《こしら》えた薄い緑色の茎と、赤みの強い紫に黄色をあわせて作った花弁が載っていた。くねくねとした螺旋状の金がぜんたいを縁取っているのは蔓性の蘭のつもりだろうか。それは森に咲くものたちの、一種奇矯《グロテスク》な似姿だった。彼らの目には森はこのように映っているのかもしれない。けれどわざわざ真似るからには、美であると認識してもいるのだろう。

女主人の身につけた衣装もまた同様だった。身体の線に沿って縫われた上衣《kebaya》は、空色の地に濃い桃色と、ひどく発色のよい黄色とが花を刺繡するのに使われていた。一刺し一刺し、気の遠くなるような時間をかけて刺されたそれは、色の取りあわせからいっても、この土地が原産の花々に相違なかった。

あることに気がついた。女たちの領域は、たとえこの屋敷内のものであっても私を脅かすことがない。それは大陸から運ばれてきたもの——黒々とした梁《はり》に太字で書かれた楷書体の表意文字や、いたるところ強迫的なまでに鏤《ちりば》められた吉祥を祈る象徴、祖先の廟《びょう》、風水や八卦《はっけ》にのっとった細則といったものとは違い、よりいっそう森林《jungle》に近く、よって私に近かった。私はその屋敷でほとんどはじめて、居心地のよさを覚えていた。

広間では水時計が流れ、午後の時刻のすぎていくのを告げているはずだった。水が落ち、溜まり、落ち、また流れるのを私たちは聞いた。けれど見にいくことはしなかった。だからどれだけの時をそうしていたのかわからない。昼餐《ちゅうさん》というもののない家だった。

私たちは、黙ったり、また言葉を交わしたりしながら、その午後を部屋ですごしていた。

女はおそらく、その一族の主人としては少し変わっていた。それゆえに、不相応と思われていた節もあった。

家をつかさどる上の者たちは、私にとってはただひとかたまりの、威圧してくる他者だった。けれどもその午後以来、彼女は主人という身分以上に、内面を持ったひとつの個体として認識されるようになった。それまで見えなかったことが、少しずつ見えるようになった。

たとえば女は菓子を作ることが苦手だった。彼らの一族にあって、それは致命的なことだった。

彼らの文化のなかで、菓子はとくべつな役割を果たす。手の込んだ調理法集《recipe》のなかでも取りわけ複雑な過程を必要としたし、何より家の女主人の価値を決めるもの、ひいてはその家の格式を決める指標とさえ見做《みな》された。

菱形の、円形の、色硝子を切り取ったような、幾層にも分かれた見た目の、鮮やかに彩色された、それでいて淡く舌で溶けていくような味わいの、ひとつひとつは手のひらの半分にも満たない小ぶりな菓子は、数え切れないほどの種類と名前、そして意味があった。一文字で意味を構成することのできる彼らの表意文字のようなものだった。実際、文字の数とおなじくらいの種類の菓子があり、それぞれに専用の皿と盛りつけ方とが決まっていた。そしてほかの料理は使用人に任せたとしても、菓子だけは家の女主人が作るべきものとされていた。つまり菓子作りは、女主人の価値そのものだった。

使いでよその家を訪ねたとき、菓子作りの場面に遭遇したことがある。竈のある狭い台所ではなく、女たちの作業場とされていた中庭の脇の明るく広い部屋で、ひらひらと薄い衣装《kebaya》をひらめかせ、女たちが立ち働いていた。いや、働くという表現はあたらない。むしろ優雅な儀式のようだった。背の高い、ひときわ痩せた人物が中心に立っていた。おそらくそれが女主人で、その周囲を添え物の花のように、娘たちが動き、手伝っていた。手伝いながら学んでいた。娘たちに施される、それは教育なのだった。表情はひとつも変えることなく、それでいて指の先は休む間もなく動いていた。身体ぜんたいのおっとりとした仕草と、絶え間なく働く指先とは、まるで相互に関係しない、べつべつの生きもののようだった。やがて娘のひとりの手が滑り、銀の匙が床へ転がった。大理石の床は甲高い悲鳴をあげてそれを知らせたから、隠しておくことはできなかった。女主人は顔をあげずに、ただ目許だけを動かした。そして何か言った。控えめだがひややかな、それは叱責のようだった。

私は物陰から見ていたので、その内容を聞き取ることはできなかった。だが叱責を受けた娘は青褪《ざ》め、作業台から一歩下がると、たちまちべつの部屋へ行ってしまった。睫毛の先が濡れて輝いていた。この冷淡な屋敷では、涙さえもが宝石と同列な、ただの見た目のうつくしさにすり替えられてしまう。

　洗練とは、おそろしいものだ。露草の花弁の色をそのまま移したような、目の醒めるほどの青に染められた茶菓子を出され、口に入れながら——その菓子は来訪の労をねぎらうと同時に、能《あと》うことなら早々に引き揚げて欲しいと願う意味を持っていた。事実、早々に引き揚げた——、私はその家で、身のすくむ思いがしたものだ。

　一族の女はほかにも、さまざまな技術を身につけているべきものとされていた。絹製の上履きに施す、罌粟《けし》の実ほどのおおきさのビーズをびっしりとならべた刺繍——西方より船で運ばれたビーズは、そのちいささと色の豊富さゆえに珍重され、よく用いられた。一粒でおなじ重さ分の菫青石《アイオライト》があがなえるほど高価だったにもかかわらず。ビーズはちいさければちいさいほど価値が高く、粒のひとつひとつが目で見分けられないほど細かなビーズを使った刺繍は、女たちの指先に血を滲ませたが、それだけ称賛の的となった。または極彩色の糸を使い、華やかな冠の扇鳩《おうぎばと》や角のようなとさかの犀鳥《さいちょう》といった鳥たちを、いまにも飛びたっていきそうなほどの精確さで織り込んだ絨毯——実際、完成から三日で飛びたつ気配がなければ、その絨毯は失敗と見做され、ひとびとに陰で嗤《わら》われた。そうした細工のすべては、この熱帯の国に題をとっていたにもかかわらず、この地に古くから住まう私たちのような者には到底真似のできない、見ているだけで眼球が痛んで割れてしまいそうなほどの、細かな手作業に拠《よ》っていた。大陸の血を持った者でなければ為《な》し得ない技だったし、また為そうとも思いつかないことだったに違いない。変転する驚異に満ちた自然は、私たちにとってはただあるもので、人工の細工のうちへ落とし込もうとは思わないのだった。

私のいた屋敷の女主人は、ある意味では私たちに近しかったかもしれない。見目よい菓子を作ることもできなければ、ビーズ細工も刺繡も下手だった。好まないゆえに下手なのか、または下手だから好きではないのか。おそらく、その両方だった。彼女の為したという刺繡は拙く、孔雀が雄鶏に見えるくらいはよいほうで、花々は豚にしか見えなかったし、逆に豚はどこかの国の皇帝にそっくりだった。道具と材料とは彼女の手のなかで本来の目的を見失い、困惑し、果てはべつの何か——楽器とか測量器とか——に変わってしまうかのようだった。女はそれでもはじめのうちは、懸命に取り組んでいたらしい。けれど道具たちがあまりに放恣で聞き分けがなく意地悪なので、とうとう手に取ることすらできなくなってしまった。ただ一本の針を恐れて、その載っている円卓に近づけずにいるのを見たこともあった。

召使い頭に聞いたところでは、私たちの女主人はこの半島の生まれではなかった。一族の女たちがかくも超越した手仕事の技を身につけているのは、代々の女親から学び、受け継ぐからなのだ。移民であるとはいえ、すでに何世紀もこの地に暮らす彼らは、長い時間と世代をかけてその文化を育ててきた。大陸は祖先の地であり、尊重されているとはいってももはや別天地であって、そこから来た、しかも年若い女は、一種よそ者と思われても仕方がない——召使い頭はそう言って、怒ったように息をついた。召使い頭の女もまたそこそこの良家の出であり、したがって手仕事の技を持っていたから、頼りのない主人に代わって——名目としては、手伝って——さまざまの作業をおこなっていた。それが近隣の家々に知れ渡らないはずはなく、この家の恥さらしだと彼女は言うのだった。飛蜥蜴《とびとかげ》のように痩せた神経質な女だったが、その言い分もわからなくはなかった。

あの日以来、私はしばしば女主人の居室を訪れた。二階の東の端に作られた部屋は、屋敷のうちで四番目によい場所を与えられていた。もっともよい場所は客間、その次によいのが家のあるじである男主人の書斎だった。女主人の居室は、夫がいつでも寝に来られるよう夫婦の寝台を入れていて、つまり彼女だけの部屋はなかったわけだが——総じて女性の地位の高い一族にあって、これは些か異例のことだ——、男主人はつねにその寝台で寝るわけではなさそうだった。彼には彼ひとりの居室がべつにあり、それが屋敷じゅうで三番目によい部屋にあたっていた。

女主人の居室へ私が呼ばれていったのは、蝙蝠に餌をやるためだった。

捕獲された白蝙蝠は、角灯から広い鳥籠へ移され、部屋のもっとも暗い片隅に飼われていた。逃がそうとしても逃げなかったのだ。鉤状になった爪の先端で籠の天辺へ吊り下がっていて、戸をあけると赤い目を見ひらいて私を見た。ほかの誰にも懐かないのに、私のことだけは警戒しない。自分の仲間たちが遥か昔、木であったころの私の腕にとまったのを知っているのだろう。枝を這う芋虫を噛むように、指に載せた脂身をちいさな歯でかりりと噛んだ。

餌をやり終えて振り返ると、私の主人である女は、窓辺の椅子に腰掛けていた。透かし彫りのある格子窓は正午の陽射しを半分にしたが、女の横顔が暗く見えたのはそのせいばかりではなかった。

――どうしたのだ。

と私は問うた。

すると女はこのように言うのだった。

――あなたにはわからない。あなたには知りようもない。

私は、ならばどうすることもできないので出ていこうとした。女はそこへ重ねるように、堰《せき》を切ったように語りはじめた。

――あなたは知らないのだ、あなたは。……早朝に目が醒めて、彼方を見遣《みや》れば猛《たけ》るほどにもうつくしい森《jungle》が、切り出したばかりの貴石のように赤くまばゆく輝いて、一日が、手つかずのままそっくり私に与えられている。すべて、何でもどうにでもできるようにそこにあるのに、昼になっても午後をまわっても、夕べになっても何もできない。ほんとうは何ひとつ私のものではないと知らされる。手のなかで、あんなにも生き生きと鮮やかだった朝は死に、榕樹《ようじゅ》の林で鳥たちはもはや歌わずに、私は、私に与えられたはずのものが、手のなかでみすみす腐っていくのを日々目にしなければならない。……。ひらきかけた扉へ手を掛けて聞いていたが、扉を閉じると彼女へ向きなおった。すると女主人は私に、卓子へ着くことを許した。

——許す。

と彼女は言った。

けれど声は言葉通りを意味してはいなかった。まなざしはむしろ乞うていた。私がそこへ座ることを懇願するように見ていた。私は椅子の背を引き、腰掛けた。半貴石をふんだんに使った背凭《せもた》れはひんやりと硬く、身体の熱を奪っていった。

女主人は先を続けた。

——……幼いころ、母は言った。朝の支度もすまないうちから夢を語ってはならないと。私は、よく夢を見る子どもだった。前の晩に見た夢の話を誰かにしたくて仕方なくて、朝食のために食堂に降りると、ろくに食べもしないうちから話しはじめたものだった。すると母は、それを忌まわしいものであるかのように叱り、窘《たしな》めた。食べ物を取り込まないうちから夢の話をしてはならない。身体が昼間に馴染まないうちから夢に耽《ふけ》ってはならないと。縁起でもない、行儀が悪い。そのようなことに耽っていれば、日々を疎かにすることになる。日々を疎かにすれば、疎かな生をしか生きることはできないし、となれば疎かな死をしか迎えることができない。そう言ったものだった。……。

彼女の言葉はほとんど独りごとのようだった。卓子に置かれ埃の積もった硝子細工の蘭の上の、一点の埃のきらめきに凝《じ》っと目を据えていた。私は、黙って聞いていた。独りごとのようだけれど、言葉は聞き手を求めていた。

——……けれどもそのおなじ食堂で、私たちのやり取りを見ていたのが祖母だった。かがまった背中を低めて静かに眺めていた。陽も高くなって、母が出掛けてしまうと、祖母は私ひとりを部屋に呼んだ。髪油と刻み煙草の匂いのする居室に端座させ、先ほどの夢を語れと言った。そこでどんな話をしたのか、もう憶えていない。いざ喋れと言われると、夢などというのは定かではなくいかようにもなるものだ。ひとかけら残っていた感触は、晴れた午後の水溜まりのように見る見る消えてなくなって、苦し紛れの嘘ばかりならべていたようにも思う。

——……それでも祖母は、頷きながら聞いていた。乾いて窪んだ目蓋を伏せて。時折、その目をひらいて私を見た。老人の目の底は暗く、私は祖母の欲望の淵に引き込まれそうで怖かった。ほんのちいさな子どもの見た夢を、何度も繰りかえし語らせた。隅まで舐《な》めるように知ろうとした。なぜそんなものを欲しがったのかはわからない。老いた祖母自身はもう夢など見なくなっていたからなのか。とにかく私は母の言いつけを破り続けたことになる。

——……そしていま、私は朝のなかに囚われている。窓はひかりの、赤い宝石の牢獄のように輝いて、手つかずであればあるだけ、贅沢であればあるだけ私を苦しめる。だって何ひとつほんとうには私のものではないのだから。私のものにはならないのだから。そのことは、すべてのはじまりからわかりきっている。……。

彼女は涙を流した。

こんなにも抽象と観念だけで益のないようなことを言い、波の音ほどにも捉えどころのない何かのために泣くなんて、私にしてみれば冗談のようだった。事実、彼女が虚の涙を流す場面にも、その後私は遭遇することになる。けれどこのときの涙はほんとうのようだった。いつか使いに訪れた屋敷で見た、匙を落として叱られ、泣いた娘とおなじ表情をしていた。主人であるはずの女が、まるで見習い娘のように泣いていた。

すべてのはじまりと言ったのは、彼女が半島の街へ移ってきた日を指すのかもしれなかった。大陸の信仰がこの地の神と奇妙な仕方で結びついた、複雑で入り組んだ習わしに則り、婚姻を結んだその日のことを。

彼女が私の手に縋《すが》ったのか、私が彼女の指と甲とを手のひらで包んだのか。果たしてどちらが先だったか、のちに幾度も振り返っては考えることになるのだが、その瞬間には私たちのどちらも気にしてはいなかったはずだ。

色素を欠いた蝙蝠のように白く、陽にあたっても色を変えない。彼女の育った大陸でなら陶器のようと褒められる肌は、この南の土地にあっては、ただ無防備で無力だった。

——憐れんだほうが、負けなのよ。

声が私を引き戻す。褐色の指が、それとおなじ色をした私の指をぐいと引く。暗闇のなかで声はわずかに跳ねあがるような調子を持ち、と同時に闇よりもさらに漆黒の、椰子《ココナッツ》の香《か》のする髪が私の目を覆う。ささやきが葉擦れのように総身を波立たせてゆく。

泥の川のあわさる街で、寝床をともにする女にこの話をしたことはなかった。だから彼女がそう言ったのは、べつのことを指していたに違いない。誰が誰を憐れんでいるというのか。私が彼女を憐れんでいるのか——甲斐《かい》のない仕事に日々を擦り減らし、草臥《くたび》れ果てて帰宅する彼女を。それとも彼女が、この私を憐れんでいるのだろうか。巨大樹に、共感を禁じることは難しい。私たちの感情の能力は、ほとんど共感でできているからだ。

直《じ》かに触れあうことのない、樹木と樹木が真菌という網の目状の器官を通しておずおずと通じさせる意思。それは相手の声を、言葉を、ただ受け入れるという以上のものではない。一体であるという感覚はいつも得られるものではなく、ごく稀《まれ》に信号《pulse》と信号《pulse》が奇跡的な共鳴を起こしたときにだけ、やってくる。同種のものは皆遠くにいて、その身体に触れることは生きている限り不可能だ。それゆえに私たちは、感覚と意思によって一体であることを欲したのだと思う。

すぐ隣にあってさえ、触れあうことのできない種族もいた。それがあの私の従兄弟たち、動物たちの鼻をつんと刺す芳香を持つ kapur 樹だった。

私たちは、女と私とは、その木の下を歩いていた。

大都会のかたわらにはささやかな森があった。微細に入り組んだ葉脈にも似た都市のなかの地下鉄の、その埋もれていたひとすじが地上にあがり、郊外へ出るあたりで長距離列車に変わる。都市の中枢部のその周縁、細胞分裂を繰りかえし、絶えず広がってゆこうとする樹木の形成層にあたる部分には団地が広がっている。それは都市と都市以外とを曖昧に分ける空間で、たくさんのちいさな窓にはところどころ洗濯物がはためく。都市の暗がりを抜け出してきた女と私は、郊外ゆきの車両のなかからそうした明るい景色を眺め、やがてその森へ着くのだった。

女は、森へ来ることを好んでいた。息をつく暇もない週日の仕事を逃れ、たまの休みに訪れる森。それは私がかつて生きた、太古のおもかげを残す一次林とは程遠い。伐採と油椰子《あぶらやし》の植樹によって変わり果てた姿となった土地を、熱帯樹林に戻すため、その研究のために作られた森だった。

おなじ種のものが隣りあって生えることの稀な自然林とは違い、そこではしばしば実験的に、同種の木がかためて植えられていた。kapur の木も同様で、樹冠どうしの枝と枝、葉と葉が重なりあうことのない現象を真下から眺めることができた。

私の知っていた kapur 樹は双子の、二本の木だったが、そこには十本近くがまとまって植わっていた。いわば kapur の林だった。彼らはこの人間の世界では龍脳樹《りゅうのうじゅ》とも称されて、沈香《じんこう》、白檀《びゃくだん》とおなじく、香木として珍重される。

――このなかを歩いていると、肺がきれいになる気がする。

誰も見る者のない林で、女はベールを肩近くまで外し、ふわりと髪に掛けたままの姿で思い切り息を吸い込んだ。スニーカーを履いたあしうらが枯れ葉を踏んで歩いていく。地面には kapur の葉だけが落ちている。消毒作用があるとされるその成分は、他の生物の活動を抑制するちからがある。がらくたをひっくり返したように騒々しく散らかっているはずの林床が、この木々の下でだけは、熱帯とは思えないほどに静まりかえっているのだった。

kapur の下に立つと、死を思う。

林床の静けさゆえのみならず、私の友人だったあの木、あの双子が死んだときのことを思い出すからだ。

彼らは何もないときでも、つねに弱めの信号を私に送り続けていた。私が眠っているときも、彼らが眠っているときも。とくに弟のほうがそうだった。眠るひとのかたわらで、その手を握り続けるかのように菌糸を震わせ続けていた。私のほうでも同様だった。私たちは、繋がっていた。その交感が、ある日唐突に断ち切られたのだ。

長年見続けてきた風景が、目の前でめりめりと割れていく。数百年をかけてできあったものが瞬時に持ち去られていく。永遠に近い歳月の感覚を持つ私には理解できなかった。世界が、まっぷたつに割れていた。双子の立っていたあたりを境に、向こう側は殺伐とした更地に変わっていた。

二人いたものが、二人ともに消えた。界隈にいた動物たちが、避難所を求めて私の懐へなだれ込んできた。乾いた血を流し次々と倒壊する木々のあいだから、声ではない悲鳴を叫んで飛び出してきたものたち。鳥も栗鼠も赤蟻も、逃げ遅れて潰されぬよう、野を焼く炎に追いつかれぬよう全力で飛び、走っていた。誰も彼もが不安だった。理不尽なちからが突如としてすべてを奪っていった。多くの生命が失われた。生き残ったものたちは、仮設の住まいと食料とを確保するのに必死だった。

そのなかにはおそらく、のちに私の両親となる者たちもいた。大規模伐採の影響は、森に住まう人間たちにも深く及んでいた。

私の父、そして母。森を歩き、狩りをして、鼯鼠《むささび》のように大樹から大樹を移動することのできたひとびと。彼らの記憶は私にとって、幼木であったころの記憶よりなお朧《おぼろ》で、

かれてしまうわ。

不確かで、摑みがたい。

——憐れんだら、負けなのよ。憐れんだほうは憐れまれたほうに、何もかも持ってい

kapurの木の下を歩きながら、虫の羽音の聞こえない、静かで乾いた林床を踏みなが
ら、彼女の黒い目が振り返って私へ呼びかける。その言葉には挑発的な響きさえ聞き取
れる。彼女は、森のひとびとの出身ではない。彼女はベールをかぶった種族だ。けれど
私たちに次いで古くからこの土地にいる者だ。

移民の女。木の葉を通して降りそそぐ明るい森の陽射しのなかで、私はその言葉の意
味を、そしてあの午後の、あの翠玉の丘の屋敷を思い出している。

巨大樹に共感を禁じることは、難しい。仮にあのとき憐れまれるべきだったのは、移
民で主人の彼女ではなく、この私であったのだとしても。

あるいはもしかしたら、私のなかに生じたその感情は、彼女ではなく私自身への憐れ
みだったのかもしれない。大陸からやってきた女の言葉は、奇妙なことに私の子ども時
代——木であり、一本の頼りない幼木だったころとはべつの、ひとの母の子としての幼
年期を思い出させたのだった。

長大な長屋に、私はいた。高床式の、それは村の住戸《とう》をすべてひとつに連ねた、いわ
ば集合住宅だった。木を組んで、椰子で屋根を葺き、籐を編んだ筵を敷いていた。ひと

つひとつの世帯は壁で仕切られ、長い廊下で結ばれていた。風通しがよく、外と家との境目のような廊下は、ひとびとが共同作業をし、遊び、世間話を交わす、また種々の儀式が執りおこなわれる、広場の役割を果たしていた。

ほかは朧な記憶のなかで、その廊下にひとり座っていたことをはっきりと憶えている。しっとりと濡れたように暗かった。風が通り乾いているのに、太陽から隠されている。その暗さのゆえに濡れている印象を私に与えた。長屋のひとびとが起きだし、慌ただしく朝の仕事をすませて出掛けていったあと、その廊下へ座っていた。朝と昼とのあいだにはぽっかりとした空隙があり、その隙間のなかで子どもの私は何をすることもできるのだった。

幾つもの暗い午前を、私はそこで、風船玉をふくらませてはもてあそんでいた。手のなかに、私の意のままにいかようにもかたちを変えることのできるかたまりがある。木陰に潜み、おおきな口をあけ、虫たちの好む匂いを発しては誘い寄せて虜《とりこ》にする、あの虫喰《く》らいの植物――靫葛《うつぼかずら》の膨れた胴体を、村では袋のように扱った。米を詰め、竹筒のなかで炊くことさえもした――その靫葛の風船玉のように、自在に膨らませては萎《しぼ》ませることのできるもの。それは前の晩に見た夢だった。

私はそれへ、長い長いお話を与えてみたり、つまりはお話によって引き延ばしたり、あるいはただ一枚、一刹那の絵へと切り縮めてみたりした。夢はそのたびに弾力を増し、護謨《ゴム》の木の樹液のような強度と粘性を持つのだった。私は、それは嬉しくて、それこそ靫葛を裏返して内側を覗き込むように、夢の内側を覗いたりした。すると夢のなかにはまた夢があり、ふくらませたその球体のなかで、またあたらしい夢が育ってふくれてゆくのだった。

手のひらのなかの風船玉は、記憶の顔、あの雨後に生え出す茸《mushroom》のようだった。白く粘り、透明になり、急にふくらんだかと思えば弾けて幾つにも枝分かれする。それらの顔のなかに私は、無力な幼木だったころの自分の姿を見た。その幼木の見ている夢もまた、たちまちのうちに海月に似た海綿質の顔を持ち、そこに閉じ込められているのはひとりの子どもなのだった。暗い屋敷の内側で、いまだ訪れない運命をすでに予感するかのように泣いている。緑色の宝石を敷き詰めた丘に嫁ぐことを知っているかのように。そこでは、過去が現在を夢見ていた。過去の内側に潜ってゆけば、その果てには現在が、あるいは未来があるのだった。それは広がりとしてではなくて、何かの弾みで壊れるような、脆《もろ》く、けれど菌類の自在な組織のように柔軟な、内と外との容易に反転する入れ子のようなものだった。

長屋の廊下から覗けば、部屋のなかには大人がひとり、背をこちらへ向けて座っていた。窓から差し込むひかりを頼りに布を織っていた。織り地は粗く柄は素朴で、絵というよりも紋様《パターン》の繰りかえしにすぎなかった。その背中に私は、近寄ろうとして近寄れない。私に気づけば、振り返って抱きとめてくれるはずだ。そのことを知っているのに、私は、母に近づくことができない——。

ぱちん、と何かが弾けるように、記憶はそこで途切れている。私は、手のひらを見つめる。頑丈だが、腕や甲とは違い、日光に灼《や》けていない皮膚。土を掘り、木を握りしめて日々働いてきた手のひらだ。樹木であったころそのままに、たくさんの節やまめができ、ごつごつと硬い岩場を思わせる。私の夢、幼少期。それはほんとうに記憶なのだろうか。私はなぜ、そのことをだけ憶えているように思うのだろう。

あの午後、翠玉の丘の屋敷で、私はそのことを憶えていると思った。そこだけが、不思議な鮮明さで私によみがえってきた。たったひとつの灯りのようにともされた。それはあるいは彼女の言葉が、私に作りだした記憶だったのか。

真昼間《まひるま》は、逢魔《おうま》が時《とき》。

丘に住まう一族が昼を恐れたのは、正しかった。真昼間には、魔が宿る。じっとりとした熱帯の昼。ひとびとは油のなかを泳ぐかのような緩慢さで動いてはまた止まり、影をなくしたおのれの気配を気取られぬよう息をひそめている。

私の出自は、昼を恐れる種族ではない。けれど丘の一族といるうちに、彼らの魔物が私のなかへ巣喰うようになったのかもしれない。それはあり得ることだった。丘の屋敷の昼のなかで、私は息をひそめるようになった。

一年を通して太陽の位置というものがほぼ変わらず、雨の多い時期とそうでない時期とがあるにすぎないこの半島には、季節というものはなかった。大陸から来た者たちには、それはあたかも永遠に続く昼のように不吉に思えたのだろう。彼らは、四季を持ち込んだ。彼らの暦の春夏秋冬を、半島の土地にあてはめた。冬というのは私たちの知らないものだった。冬はこの土地の風情にはなんとも似合わず、身の丈にあわない衣服を着込まされた子どものように、滑稽だった。

けれども夏は、よかった。夏というものが近づきつつあると暦が告げるとき——彼らにはもはや数字以外に頼るものがない——、丘の家々はそのうつくしい季節へ向けて、少しの変更を施された。

中庭に水が張られるようになったことも、ひとつだった。

真四角な回廊の中心部が、その回廊の縮図のように四角く窪んでいる。大理石の底は平らで、へいぜいはよく磨かれて、広場のように横切って歩くこともできた——もっとも、そうして突っ切っていくことは行儀が悪いとされていたが。その窪みに、あるときから水が張られ、水に育つ植物と動物とが生かされた。

朱色の鱗と鰭《ひれ》を持つちいさな魚を、そこではじめて見た。睡蓮の陰に泳いでいた。このあたりの海に棲《す》む熱帯魚に似ていないこともなかったが、色もかたちももっと少なく、またずっとひ弱そうだった。腰帯を震わせるように長い尾鰭を振って泳ぐ。幾匹も縦に列を作って池を横切っていくさまは、誰かの流した血液が水に溶けては広がってゆくようだった。

――それは、金魚というの。

教えられた魚は、上衣《kebaya》のなかにも泳いでいた。彼女の身につけるものはその意匠を頻繁に用いていた。薄い衣服は身体を離れたまま椅子の背に掛けられていた。

午睡のあいだを泳いでいくもの。赤い魚は布地を離れ、重さを失って飛んでゆく。気懸かりのような軌跡を描いて、ふわふわと長い尾鰭はそのまま羽根となってゆく。

見ひらいた目にも似た紋様を持つモルフォ蝶。蝶はその目を伏せながら、ひとしきり宙を舞ったかと思えばそっと息をひそめてやってきて、この私の葉脈の、硬い葉の表面に溜まった水を飲もうとする――夜のあいだに私の身体を通り、幹の隅々にまで循環した果てに肌の表面から滲み出た露を。すぼめた唇をそこへつけ、動作に伴って羽根を、ゆっくり、ゆっくりと根もとから動かしていたかと思えば次にはすばやく一度、もう一度二度と激しく震わせ、と、ふいの衝動に駆られたかのように風に乗って消えていく。

たった一瞬のその仕草。

灯芯とおなじ橙色の、燃えるような花から蜜を盗んでいく仕草。

私の腕にとまる仕草。

不器用な葉の左手をひろげて摑まえようとすればもう、忽然《こつぜん》としてそこからは消えていくときの、仕草。

私のこの全生を通して、もっともやさしく優美な仕草でそこにあった、指先。

彼女が私へ入ってくる。私は私の樹冠のなかへ、その身体を受け入れる。地上を遥かに見おろす天蓋《canopy》を、彼女はゆっくりと歩いてくる。重さのないような足取りで、葉叢《はむら》を掻き分けて。

やがて中心へと辿りつく。そこは空洞で、私はいない。私は私の樹冠そのもので、輝きながら広がってゆく。彼女のまわりをまわっている。

我々はひとつひとつが内側に時計を抱く者であり、針の速度も指し示す時刻も個体によって異なる。種族が違えばなおさらだし、同種の樹木であっても抱かれる時はすべて異なっている。けれど死んだ時計も日に二度だけは生きた時計と重なるように、我々の内なる時間もまた、類い稀なる偶然によって重なることはある。

そのときが、このときだった。

無数の白い花々が私から迸《ほとばし》り生まれ出る。ひらき、蜜をあらわにし、蕊《しべ》は濡れて粉とまじわる。私の器官は膨れ、花心はふくよかとなって鳥たちの歓声を誘う。百年に一度の一斉開花。花は花を呼び、実は実を呼んで、巨大樹と巨大樹は共鳴しあい、葉擦れの音さえも唱和してゆく。地の下を通る菌類のおずおずとしたやり取りでなく、宙空という過分な広がりのなかを渡ってゆく、声。樹木たちの声。

豊饒《ほうじょう》の午後は終わることを知らず、法外で漠としたその空隙にいつまでも肌をさらしている。彼女のやってくるところ、いびつなほどにちいさな足を乗せて渡ってくる宙の道。あやうげな、いまにも朽ちて落ちそうに見える、けれどけっして踏み外されることのないその板を踏みながら、何百年もそこへ渡されたままの吊り橋を蹴ってやってくる。誰も通らなかったひとつの橋。私は無数の花を贈る。無数の花粉が彼女を包む。しとやかに濡れた水底の石のようになめらかな肌を滑り降り、やがて内側へと入り込む。

私の喜悦。私たちの。

極楽鳥の声が耳を聾し、やがて何も聞こえなくなる。

ある種の植物はある種の蜂と共犯関係を結ぶ。片方が進化したならば、もう一方もそれにあわせて変わる。蜂の口吻《こうふん》が長く伸びれば、花は蜜を奥深くに隠す。その蜂にしか届かないように。蜂が絶えれば花は絶え、花が絶えれば蜂も絶える。

数万の種が入り乱れる熱帯の相において、はるか遠くに離れた種族へ花粉を届ける手段だった。おなじ形状のべつの花に、おなじ虫をとまらせるための。なまじな恋愛などより恋愛的に見える間柄に、かつて憧れたものだった。巨大樹はへいぜいから茸たちと結びあっていたけれど、森そのものより長い寿命を持つ菌類が絶えることはなく、その関係は共犯というより単に一体だった。

けれども蜂たちは違う。蜂や蝶、ある種の鳥、とかく翼のあるものたちは、根を持ち土に縛りつけられた私たち植物を容易に離れる。ひらりと羽根を動かして、薄く細やかな筋肉のわずかな弾みでもって飛ぶ。あちらこちらを浮遊して、けっして我々のものにならないくせに必ず帰ってくるのだ。その期待こそが共犯だった。期待は裏切られるものなのに、結局は願いと予想とを違《たが》わぬというそのことが。守らないような表情をして守られる約束は、破棄されるそれよりもたちが悪い。

丘の屋敷で私にとって彼女こそがその生きものだった。私に触れ、私を離れ、二度と戻らないかと見えてまたもやおなじところを飛ぶ。気懸かりのように、右の腕のつけ根の敏感なところにとまり、かと思えば瞬きの刹那に数メートルの上空にいる。けれど彼女の悲劇は、自身を取り違えていることだった。彼女は自身を、年ごとに特定の樹木のもとにだけあらわれることのできる腐花《rafflesia》のようなものだと思っていた。どこへ行くこともできず、ただ数日のあいだのみ、地の底からそれより幾許かだけ明るい林床へと顔を出す——寄生もまた森《jungle》における対の一形態だった。動物たちの皮膚の表面に卵を産みつける虫もそうだし、ある種の植物がべつの植物を食い尽くすこともある。蔓性の植物のなかには巨大樹の枝で発芽して、長い気根を大地へ差し込み燐《リン》の成分を盗むものもいる。樹冠へ被さるように枝葉を広げて太陽のひかりを奪う。やがて巨大樹を死に至らせて、代わりにその場に立ち尽くすのだ――けれども腐花は、そんなことはしない。宿ぬしがいなければ生きられず、養分の分け前をもらうだけだ。寄生する植物のうちでも控えめな種族のひとりだった。つまり彼女は彼女にとって、無力で、何ものでもないのだった。――あなたのことが羨ましい。あなたはこの屋敷に属していない。だからどこへでも行くことができる。

けれど彼女は、無力ではなかった。彼女は私の主人だった。

蝶々のまぼろしは、たちまち彼女の彩色を施した爪の先となり、私の古く、それでいて脆弱な幹の中心へと置かれる。私は答えない。私はただ腕のなかにその生きものを囲う。かつてそうしていたように。かつて大勢の家であった私の枝が、葉が、彼らを囲い守ったように。薄い衣服《kebaya》から金魚の泳ぎ出る午後、私は私の腕のなかへ彼女を眠らせている。

けれどべつの午後にはべつの腕が、彼女を休ませるのだった。羽根のあるものが浮遊しながらべつの樹木へと飛び、そこで褥《しとね》を見出すように。

屋敷の中央を四角く占める広間をまっすぐに進むと、一族の祖先を祀《まつ》った廟がある。両開きの扉をあければ、赤くくすんだ表面を持つ位牌《いはい》が幾つもならんでいる。私のもっとも忌避する場所。祖先の名前という顔のならびに無数のまなざしが仕込まれていて、私を見張り見咎める。その場所をさらに奥へ進めば部屋は二手に分かれていて、片側にはおおきな書架が置かれている。文字という、私にはひとつも読むことのできない痕跡の刻まれた書物、その累々と重なる死骸の納められた棚のかたわらに、伸びていく途中の若木が生長を理不尽な魔法で止められたかのような、細く、すんなりとしたラワン材の衣紋《えもん》掛けが立っていた。その衣紋掛けの天辺が、ひとつの指標だった。いるときにはそこにある。麻のなかでも取りわけて上質な繊維のみを用いた、中央に折れ目のついたソフト帽——男主人の帽子だった。

この家でもっとも地位が高く、いないときにもその不在を通して屋敷を支配し続けていた。貿易の要衝である半島の港街と、大陸の取引先を船でめぐり、帰宅することは稀だった。けれど稀なそのときには、私はもはや自由に行き来することを許されていた二階への階段と、女主人の部屋への扉とを通ることはできなかった。私は使用人のうちでもさらに身分の低い者で、主人は男女の一揃いいて、すべてはその一対のもと定められた秩序のうちに、彼らの一族が定規と杓子で定めていった細則の通りに収まっていなければならなかった。

若木でできた衣紋掛けは、男主人の帽子を掛けるためにのみそこにあった。文字の意匠を彫った窓に寄り添い、庭を望んで置かれていた。雨のときには雨が、陽射しのあるときには格子窓越しのやわらかな陽射しが映り込んだ。硝子を伝う雨滴のひとつひとつ、木漏れ日の作る幾何模様の緑が彼に表情を与えた。かつては森に立ったこともあるはずの少年のその肌理《きめ》を、蜜蠟《みつろう》を含ませた布地で磨くことも私の仕事だった。その位置から外を見れば、方形の屋敷を取り囲む庭は森と地続きで、森の一部を不自然に飼い馴らしたものにすぎなかった。降雨の折には赤蟻が行列を成して屋敷うちへ入り込み、陽射しのある折には暑熱を避けて鼯鼠が入り込もうとした。庭は、機を窺っていた。切り取られた手や足を隙あらば再生させて、家を、丘の一族を屋敷ごと呑み込もうとするらしかった。

けれどもそれも思いすごしだったかもしれない。熱帯はいまや去勢され、かつての威力を回復して人間たちを追い出すことなどもはやできないのかもしれない。

薄い窓硝子を打つ、夥《おびただ》しい午後の雨滴のなかで、いかにも手入れの行き届いたその帽子を前にして、私は何を思っただろうか。私は、何も思わなかった。私はただ空白だった。

帽子は気紛れな鳥のようにその場に留まっていた。この熱帯のものではない、場違いに迷い込んだ北の土地の鳥。この私には何の親しさも喚び起こさないそれは、長ければひと月近く、短いときには三日足らずでふたたび南洋へと旅立っていった。私は私の主人を、主人のなかの主人であるはずの男の姿を思い浮かべる。けれどまならうらにあらわれるのは、ただ、肺の底まで病むような深い群青の海の上の、一点、嘘のように白い、手入れの行き届いた帽子なのだった。

——名前を、教えるわ。

帽子のかたちをした鳥が屋敷から消え去ると、女はまた私を呼ぶようになった。そして言ったのだ——名前を、教えると。

私は即座に制した。そのようなことを、してはならない。名前を、仮の名前ではなく、この世のどこにでもありふれた名詞としての、女や、女主人や、屋敷の者といった名ではなく、言葉以上の名前を相手に教えるということは、彼らのあいだでは契約を意味していた。親子の契約、夫婦の契約。とこしえの関わりを、彼らの信じる魂というものの緒を結びあわせることを。けれど契約とは、呪いだった。森に生まれ、森で育ち、いまもまた半ば森に暮らす私にとって、それは呪いでしかなかった。

そもそも私と彼女とが契約を結ぶとして、それは如何なる契約であり得るというのだろう。

そのころには、彼女はあらゆるものの名を呼び違えるようになっていた。ほんとうの、隠された名としての名前ではなくて、ふつうの、この世にありふれたものの名を呼び間違えるのだった。たとえば私たちの、彼女の部屋での午睡のあいだを泳ぐもの、宙空をよぎっていく赤い金魚を魂と呼び、禍々《まがまが》しいほどの陽射しと暑熱を夏と呼んだ。そして次には私のことを、恋人と呼ぶようになった。ほんとうにそんなことを信じているのか、それともただの呼び違いなのか。あるいは、あえてそう呼ぶのか。呼べばいかにも名前の属性がそのものに付与されるとでもいうように。女が名を呼び違えると、私はその都度、正そうとした。女は聞き分けなかった。涙を流し、髪を乱して言いたてた。自分の見出した名前の正当を主張した。果ては私にさえも、ほんとうの呼び名として何が正しいのかわからなくなりつつあった。

法外な夕焼けが、屋敷を包んでいた。包み込み、朱色の装飾を施して、屋敷そのものを贈り物のおおきな箱へと変えていた。彼らの種族が贈り物を入れて、差し出すときのあの箱に。だがそれは誰への、また誰からの贈り物だっただろう。東の端の私たちの部屋——彼女の部屋は、じつに私たちの部屋となっていた。彼女が、そう呼ぶことを求めた。それもまた呼び違いのひとつだった——その部屋からは、まっすぐに夕陽を見ることはできなかった。それでも芭蕉《ばしよう》や棕櫚《しゆろ》の巨大でつるつるとした手のひらが、窓の外にはたくさんの鏡のようにひろげられていて、夕焼けは、その表面で反射し私たちのもとへもやってきた。ひとつの、贈り物として。私の、彼女の、虹彩《こうさい》の襞を、へいぜいとはべつの色に染めあげた。

その色に、虚を衝《つ》かれたのだった。私の黙った一瞬の隙に、彼女はもう告げていた。拒むことはできなかった。瞳が目蓋を持つようには遮る器官を持たない耳に、名前は入り込んでしまった。みずから閉じる機能を持たない無防備な耳朶を通過して、無花果の花粉を媒介する蜂が、複雑なその入り口を通って実の内側へ入り込むように、私の耳殻の複雑な迷路を名前はたやすく通り抜け、内側の深いところへと楔《くさび》のついた根を下ろしていた。

諦めと絶望のうちに、手を取った。彼女の指のひとつひとつは海蛇のようにつめたくちからなく、けれども頬はひらいたばかりの蓮《water lily》さながらに、輝き、熱を帯びていた。彼女はうつくしいのだろうか。問いがいまさらのようによぎり、答えのないまま流れていった。

私は、名前を返そうとした。すでに受け取ってしまった、私に着床したその名を戻すことはできなかったから、お返しに、私自身の名を告げようとした。私は私を指し示す、私をあらわすその名前を私のなかに探した。けれども、見つからなかった。私というものはいなかった。言葉において、私は、ただの空白にすぎなかった。

そのことを、告げた。交換するべき名前を、そもそも持っていないらしい、と。

彼女は、構わないと答えた。どこか満足そうですらあった。そして言った——ただ、私のこの名前を、あなたのうちへ隠しておいて。

たったひとつの約束のように、抱き続けていて欲しいと。

私はそうした。誰にも告げずに、名前が私の内側で、小箱のなかに眠るに任せた。何年も、何十年も——。

その名前を思い出すのは、ずっとずっと先のことだ。その名にふたたび遭遇するのは。幾度めかの戦争がはじまって、私は山を越えていた。知る限りもっとも大規模なその戦争で兵役に服することは、私たちのような立場の者にとってほぼすぐさま死を意味した。使い捨てられることは目に見えていた。幾人かの同胞が、逃亡を企てて捕らえられ、連行されていくなかで、私はひとり森に隠れ、そのまま逃げおおせた。道のない道を行くことは避けられなかった。人間の身体はあまりに不便で、里の生活に慣れた脆弱な手脚は行く手を阻む蔓植物に難儀した。彼らの屈強な蔓性の腕は入り組んだ壁となり、携えてきた小斧をもってしても断つことは難かった。またか、と私は苦笑した。ここでもまた、無花果の蔓に搦《から》め捕られることになるのかと。

そのときだった。ようやく振り切って抜けた藪《やぶ》の向こうに、石の群れがあらわれたのは。ひとの気配、それも大勢のうずくまる者たちの気配に身構えた。夜で、月は出ていたが暗く、いずれにせよ樹木の天蓋の下まで届くものといったら知れていた。わずかな光量に目を凝らせば、けれども、それは墓石だった。生きた人間と思ったのは死者たちだった。

気に懸け、世話をする者のいなくなった墓石群。生き残った者たちが戦火を避けて逃亡し、置き去りになり、忘れ去られた墓たちは、どうやら貴人のものだった。大仰で場違いに華麗なその意匠に、遠い記憶が呼び覚まされた。私を、かつて脅かしたもの。といって、いまはむしろ懐かしいもの。森《jungle》の容赦のない生態系に、無慈悲にも呑み込まれた文明。私はその石のあいだで休み、束の間の眠りをともにした。

夜が明けるころ目を醒まし、露の降りた石の表面をひとつひとつ撫でていった。かつて私を寄せつけない呪文として書かれていた、黒々として太い、一文字一文字が意味を背負った彼らの言葉たち。精巧な彫刻は、どれも半ば苔に埋もれていた。そのひとつに、立ち止まった。それは私の内側で、幾重にも閉ざされていた小箱の蓋を音もなくあけた。懐かしい名前。あの夕陽。彼女は、百年も前に死んでいた。

名前は、けれどその瞬間、確かに効力を発揮したのだった。

私に着床した名前はたちまちのうちに根を張って、細胞という細胞にその響きを伝えてしまった。屋敷にいるあいだ、名前は私を呼び続けた。裏で薪を割っていても、尾長猿の悪戯した窓硝子を修繕していても、名は、いつでも見境なく、ところも時も構わずに私を呼ぶようになった。二階の端の部屋へ閉じ込めた白い蝙蝠を、世話するようにと呼ぶのだった。

迷い込んできた無力な生きものを、女主人は手放すことがないようだった。それは次第に私を呼ぶ口実ともなっていくように思われた。蝙蝠を手放さない彼女は、私のことも手放さなかった。

目に、つかないはずがなかった。けれど奇妙なことに、屋敷の誰ひとりとしてそのことを気に留めていなかった。広間に飾る鉢植えの蘭の葉が一枚黄ばんでいるだけで、または屋敷で飼われている雄の孔雀が短く嚔《くしゃみ》をしただけで、機嫌を損ね、あちらこちらへ手をやって元の秩序へ回復しなければ気がすまない、あの癇性な召使い頭が、二階への階段を茶色いあしうらで昇ってゆく私には、眉ひとつも動かさない。ほかの者たちも同様だった。召使いの卵たち、たくさんの若い雌鶏さながら噂の種になることならば麦粒ひとつ余さず拾う娘たちが、私と女主人のことに限っては、日々の仕事に関心がないのとおなじくらい無関心だった。

私は、透明になっていた。あるいは屋敷ぜんたいに、何かの魔法がかかっていたのだろうか。ならばそれは名の魔法、または呪いに違いなかった。

呪いなら、いつか報いがくる。長大長屋《ロングハウス》の暗がりに座っていたときに、あの幼少の記憶の景色にゆらりと立ちあがった影が、私に告げたことだった。——呪いには、報いがあるものだと。戸口の敷居のところへ立ち、覆い被さるように私を見ていた。——恨んではいけない、呪ってはいけない、憎んではいけない。報いがくるから。束の間織り機から離れ、声ではなく温度で、それは告げた。母と呼ばれるその存在から分厚い手のひらが伸びてきて、ざらりと頬を撫でていった。くらくらとするほどの匂い。自分とおなじ血の流れる生きものの匂いがした。

森が壊され、消されたあとでも、恨むということはなかっただろうか。森という衣服を剝ぎ取られ、裸で路上へ投げだされたあとでも、呪うということはなかったのだろうか。生計を失い、他人の慈悲を乞いながら暮らす身となっても――許しを乞うのは森を奪っていった連中のほうであるべきなのに。私にはわからない。伐採の混乱のなかで血縁は引き裂かれてしまった。母と呼ばれた者たちがどうなったのか、永い時間のどの点においてはぐれてしまったのか。長屋の廊下でこちらを見つめていた母の瞳のあの暗さ。残されたのは、曖昧な記憶。蔵の奥深く埋もれた甕のなかの、忘れ去られた水のような。蓋をあければ発酵したその古酒は、ただどこまでも、甘い。

熱帯の午後に降るおおきな雨が、降りそそぎ、またあがったあとで、樹冠を漂っていた雲霧。ひととなり、名前によって透明にされた私の午後にも霧がかかっていた。あるいは鬼蜘蛛の巣だったか。幾重にも張りめぐらされ、薄いくせに頑丈で、手仕事への狂気じみた熱が静かに伝わってくる。私はその午後、彼女の寝台を覆う白い刺繡へ捕らえられていた。

――私は、プラナカンにはなりえない。

女がふいに言った。土地で生まれた者を意味する、この半島土着の言葉だった。大陸からやってきて根づき、ここで生まれて子孫を残した彼らの種族の総称だった。

――この土地で生まれた者ではないのだから。

だから出ていく、と言った。この屋敷を自分は出ていく、あなたとともに出ていくと。瞳が、まっすぐに私を見ていた。黒い、けれどもかすかに淡く茶色がかった目が、燃えるようだった。

女を抱えてここから逃げ出す――考えないことではなかった。いっそそうするしかないのではないかと、思いつめたことすらあった。私を射るように見つめる目。その懇願の身振りがふと、糾弾の、批難の、怒りの表情のように見えた。女とゆくかぎり、女は、私を糾弾し、批難し、怒りを溜め続けるのかもしれない。

駄目だ、と私は言った。そんなことをしても仕方がない、あなたにも私にも益のないことだ。そう告げて女の髪を、彼らの種族の幼な子のようにくせのないやわらかな髪を撫でようとした。

指の先に、痛みが走った。細い指が私を撥ねつけていた。彼女は言った。――あなたは、面倒になったのだ。

否定しようとしてやめた。事実そうなのかもしれない。私を恋人と呼びたがり、これを悲劇と呼びたがる。憔悴《しょうすい》し、涙を流す。劇的な振る舞いを見るたびに、身体が芯のところで醒めていくのを否めなかった。

――もう、やめよう。

と私は言った。

このようなことはよくない、あなたにとってよい影響を及ぼさない。女は、答えずに俯いた。鬼蜘蛛の編んだ細かなレースの落ちかかる隅の暗がりで、裸の四肢と腹とがしらじらと顕《あら》わだった。長くその姿勢でいたあとで、顔をあげた。そこには、いましがたまでの激しさはなかった。怒りも悲しみも、どんな感情も読み取ることはできなかった。

私はこの物語を誰に向かって話しているのだろう。あの双子のkapur樹、三百年の長きにわたり友人であり話し相手であった彼らはいなくなってしまったのに。双子の伐採された跡地は焼かれ、やがて均一な葉をした油椰子が、まどろみを誘う単調さでどこまでも植えられていった。油椰子の林で茸たちは、死に絶えてしまっただろうか。私たちの会話を媒介していたあの菌類たちは。

雨後にあらわれた、森の洒落ものたち。穴だらけの服をあえてまとい、椀を伏せたような頭でお辞儀をしてみせたもの。または誰のためでもない美酒を、頭上の杯に高々と掲げてみせたもの。火焔《かえん》に似た橙色の指を幾つも持ちあげてみせたもの。触れればひんやりとつめたくて、ぱらぱらと崩れ落ちていく。けれど案ずることはない。茸たちの顔は見せかけで、どこまでも続く糸状の莫大な身体は地中深くにこそ生きている。生きて、私たちの言葉を伝えた。私たちが緑の手のひらをかざして光合成する糖分を、受け取るかわりに菌類は、燐の成分を与えて寄越し、樹木どうしを結びつけた。

離れていても、通じあうことができる。それが言葉の機能だから。この都会にいてアパートの住まいを一歩外に出たならば、おなじ機能の媒介する現象をあちこちで見ることができる。目抜き通りを渡っていきながら、あるいはカフェで、あるいは広場の噴水のかたわらに座り込んで、ひとびとは片時も端末を手放さない。ひとりひとりが一本の孤立した樹木となり、沈黙のうちに絶えず文字を綴り、この地上を縦横に走る見えない糸に託して送り出す。

石油資本のショッピングモールにはこの世のあらゆる富が集まる。私たちはその富を眺めて楽しみ、リンギット札一枚であがなえるひと皿のスープで胃を満たす。目をあげれば電波という名の胞子は、巨大樹の生まれ変わりであるかのような、彼方に聳える塔へとまっすぐ集められてゆく。

あるいは端末というものも。紙を食い尽くし、紙の書物をなきものにしていく電子は、森の分解者だった菌類そのものだ。

——森は、べつのかたちでここにある。

言うと女は——ベールをかぶった街娘、森とおなじくらいショッピングモールをこよなく愛する女は、首を傾げ、

——そう。

と言って、それから笑った。

ri・ririri・riri・ri・riri・ririri

林床に隠れ棲む黒蟋蟀《くろこおろぎ》が、竪琴《たてごと》の声を響かせる。と思うと女の手許で端末がひかっている。彼女は指を走らせ確認すると、ふん、とちいさく鼻を鳴らした。この都会に溢れる電子音。それもまた森の転生した音色なのだと、説こうとして私は諦める。女は端末を操作してしばらく何か打ち込んでいたが、やがて溜め息をついて鞄に仕舞う。私にはわからないやり取りだ。彼女が勘定を支払って、私たちは店を出る。

褐色の肌をした彼女は、私の言うことを疑わない。あるいは深く考えない。何を言っているのかを考え、その先で理解するということがない。けれども理解とは、わかるとは、いったいなんの謂《い》いなのだろう。そのもたらすものはなんなのか。エスカレーターの白い天井には蛍の乱舞を模したあかりが点々とともっている。浅い川の斜めの水を、夕暮れに滑っていく蛍たち。そのさらに頭上にひろがる硝子の傘は、木漏れ日を通す樹冠だ。幾層にも重なるフロアはそれぞれに棲み分けができていて、巨大樹の上と下とで異なる動物たちの生活圏を思わせる。緩く坂になった廊下を歩けば、人間の必要とするあらゆる機能――髪結いにも医者にも歯医者にも、あらゆるものに出会うことになる。ここにはすべてが揃っている。都市のなかのちいさな都市。森のなかのちいさな森。彼女のお気に入りは、フードコートを昇ったところの服飾品ばかりを集めた階だ。私にはひとつも名の知れない、外国のひどく高級な銘柄を扱う店のあいだを、どこまでも飽きることなく幸福げに眺めて歩く。そのもっとも廉価な小物のひとつも、彼女の給金では買うことができない。

女が、ふいに立ち止まる。淡い水色のベールを透かして、その眺めているものが見える。か細い三日月ほどの輪《リング》。弓なりになった天辺に露の一滴を戴いている。彼女は私を振り返り、何か言おうとしてやめる。金色の輪を映していた目がべつの色に変わってゆく。彼女は微笑んでから、ふたたび足取りを軽くして、あれもいい、これも素敵と、店々を移り歩いていく。気紛れな蝶さながらに。立ち止まりなどしなかったかのように。

丘の屋敷の女主人なら、そのすべてをあがない、手に入れることができただろう。つねに私を理解しようと躍起になっていた。菌糸の波動越しにしか意思を通じたことのない、不器用なこの私の言葉を理解しようとし続けていた。その虚しい試みのことを思うと、いまも憐れみを覚えることがある。

あの街の名は、私や私の父、私の祖先であったこの土地の子らが毒矢に用いた樹木の名を取ってつけられていた。翠玉の丘を擁する街は、それじたいが毒の樹液を零す木の上に建てられていたことになる。その木は私たちにとってなくてはならないものだが、意味は言葉となったとたんにすり替わり、狩猟のめぐみを象徴した街は、移民である彼らのものとなってのちは鉱物質のつめたい毒となり私をさいなみもした。あるときには私の内側のうろから食い尽くそうとする蟻の群れであり、あるときには指先から青く腐らせてゆく立ち枯れ病のまぼろしだった。それは膨らせることも引き延ばすこともできない、ありふれた悪夢だった。

二階の東の端の居室へ呼ばれることもなくなって、私は以前の暮らしに戻った。森のかたわらで眠り、皮膚の裏側を夜気にさらして気孔から酸素を取り込んだ。目が醒めると緑の葉裏は水晶に似た朝露に覆われていて、私は濡れた肌を静かに払い、人間という衣服のなかに身体を包み隠すのだった。どんなにひとの世に慣れたつもりでも、私の内部はいつまでも樹木のままであるらしかった。

名前の魔力は、作用し続けていた。私はもはや二階へあげられることも、女主人と差し向かいに果てのない時間をすごすこともなくなっていたが、それでも依然として屋敷内では透明に扱われていた。誰も私に話しかけず、私に触れず、私に答えない。薪割りに使う斧が、あるとき見あたらなかった。門番に尋ねても、目をあわせようとしない。召使い頭に近づいていくと、後じさり、逃げていった。雛鳥のような娘たちは、白い肌を桃色に上気させて互いを小突きあいながら、私の通りすぎたあとから頻りに何ごとか囁きかわした。

斧は屋敷の裏手、排水を流す浅いどぶ川の底で見つかった。鈍くひかる刃先をしばらく眺め、少し迷ったが拾いあげた。勝手口の向かいから、さざめくような声がした。使用人たちの控えの間だった。

――森の人間など雇うからこんなことになったのだ――戸外で寝泊まりしているという――所詮常識が違う――成りあがれるとでも思ったのか。

くぐもったその声は、私が野蛮な者であり、文明を知らない者であり、洗練からは程遠いどころか礼儀のひとつも知らず、その証拠に奥方様――と彼らは女主人を呼んだ――の部屋に押し入って乱暴を働いたと述べていた。そして彼女は心身の傷が癒えず、もう何日も塞ぎこんで臥《ふ》せったままであると。

あのひとも可哀想なひとだ――この国に慣れないままに何もかも引き受けて――誰にも相談できずにいた――告白を受けた召使い頭は、一緒になって泣いたという……。

会話は話者を替えて続いた。輪のうちにまだ噂に疎い者がいるらしく、残りの者らが我先にと事情を説いて聞かせていた。私は、汚臭を放つ斧をふたたび川へと投げ捨てた。重い金属が水の表面を思うさま叩いて音をたてた。裏の戸がさっと開いて顔が覗いたかと思うと、声はぱたりと聞こえなくなった。

暦は冬に差しかかっていた。屋敷の中央をなす四角な回廊、その窪みには、もう水はなかった。金魚はどこへやられたのだろう。鉄を編んだ華奢な階段をひさかたぶりに昇りながら、頭のどこかでへんに冷静にそんなことを思っていた。

扉をあけると、彼女は窓際の卓子と対になる椅子に腰掛けていた。卓子には色を細切れにして粒にしたビーズが皿に盛られていた。女は長く伸ばした爪を道具のように扱って、その先で粒を摘《つま》んでは、そこへあけられたちいさな穴よりさらに細い針へ通し、その針よりもさらに細い糸で、上衣《kebaya》に縫いつける作業をしていた。

私の乱暴にあけた扉はひどい軋みかたをして、弾みで向かいの壁へぶつかった。だが女は円形の刺繍枠を膝へ載せたまま、ゆっくりと顔をあげ、こちらを見ただけだった。少し痩せたようだ、と思った。子どもらしさを残していた頬が、内へ向かってわずかに削げ落ち、威厳のようなものを備えつつあった。私といたときには従事するそぶりすらなかった手仕事も、一家の女主人に欠かせない、相応しい仕事だった。

私は言った。

――なぜ、あんなデマを流した。

女は私を見ていた。次に進めるべき駒の一手を思案する表情だった。私の気持ちを、考えを推しはかろうとするのではなくて。

――デマではありません。

慇懃《いんぎん》な物言いが、強固な壁をたちまちのうちにそこへ築きあげた。だが私は怯まなかった。一歩を踏み出し、さらにもう一歩で卓子に寄り、差し向かいの椅子の背を引き座った。本来なら――私がただの下男であり、彼女と関わりのない使用人だったなら許されるはずもないその所作を、女主人はひややかに見ていた。

大理石の卓子を挟んで、私は彼女の瞳を見た。淡い茶色の虹彩の襞にはかつてひとりの老婆が住んでいて、幼な子の夢を聞くことを好み、物語らせることをつねとした。その物語の回廊のなかを私は確かに歩いたし、その先にひとり座っていた子どもの私の内側の、螺旋状に降りてゆく森の陰に見出された幼い彼女――ひとの世であるこの世界では憧れと呼ばれるその夢を、私たちは共有したはずだ。卓子越しに私は、彼女を見ていた。そして呼び出そうとした。

――忘れたのか。

と言った。この部屋で何があったかを、この部屋で私たちが何を交わし、何を語り何を見たのかを。夕暮れの約束を、あなたが私を恋人と呼びたがっていたことを。

女は、けれど壁の向こうへ留まったままだった。

――よくもそんなことが言えるわね。

独りごとのように呟いてから、言った。――お前の私への行いは、あまりにも罪深い。

静かだが明らかな、断罪の調子がそこにあった。

――あなたが私を誘い込んだ。あなたが私を求めたのだ。

――違う。

ひときわ強い口調とともに、彼女は膝の上で仕掛けていた細工を卓子へ投げつけた。

――お前は利用したのだ。私の孤独を、よるべなさを。その罪は深い。恥を知るように。

述べたてる顔はゆがんでいた。片側に引き攣《つ》れ、対称を欠いていた。女がこの嘘を捏《ねつ》造《ぞう》したのみならず、心底から信じているのだと気がついた。私は驚き、そして思考をめぐらせた。

手入れの行き届いた指を、彼女は青くなるまで握りしめていた。それが目に入ったとき、知っている、と思った。訴えていることは真逆で、口調も矛先も違うようだが、それでも、おなじことなのだと。あの数々の午後に、どこへも辿りつかない交わりのあとで、ままならなさに泣いていたその心とおなじものだ。

私は手を伸ばし、手を取った。青褪めた指先を、褐色の手に。

刹那、短い悲鳴を聞いた。それを合図とするように、ばらばらと男たちが入ってきた。女は事務的な仕草で私の手から指を抜き取ると、かたわらの布で拭った。そして主人然とした、張りのある声を発した。

——部屋のなかに、何かが入り込んでいる。

言葉はたちまちに部屋をめぐり、ことだまとなって男たちを動かした。ただちに締め出し、処分するように——それが命令だった。

屈強な男たち、私もよく見知った使用人たちが、よそ者を扱う手つきで私の腕を掴み、連れ出した。その場を去りながら私は、白蝙蝠の姿を探した。ここからいなくなったあとで、世話する者はいるだろうかと。

　噂はどこまでもついてまわった。翠玉の丘を歩くだけで石を投げられたし、下町にいてもそれは変わらなかった。私は街を、ひいては半島を出なければならなかった。仕事を探さねばならなかったが、その界隈で私を雇おうとする者はもういなかった。

　歩き、ときには荷車に乗せられ、港町を目指した。そこでひと月ほど船を待ちながら荷積みをして船賃を稼いだ。海峡を縦断してゆく船が出るとき、稼ぎはまだ充分ではなかったが、船底で寝泊まりするならという条件で潜り込むことができた。

　船板は思いのほか薄く、波は音だけでなく動きとして背中に感じられた。むろん陽射しはなく、薄暗く、それはあの林床の暗さとは種類を異にするものだった。ひどい湿気と黴の臭いのなかを鼠が駆けまわり、与えられたわずかな食糧を端から駄目にしていった。それでもなお、私は慰めを見出した。船には似た境遇の者たちが乗っていた。かつて森に棲み、森を追われた者たち。伐採され、焼き払われた土地で狩猟の暮らしを続けることが叶わずに、路上に仕事を求めながらここへ至った者たちだった。多くは、島嶼《とうしょ》部へ向かっていた。海峡を通り抜け、さらにその先の海を渡って油田を掘りに行く。陸地に油田が出たんだ、と言った。労働者を駆りあつめていると。島の風土は半島とはだいぶ違うらしい。私の勤めたような屋敷や、陶器と石とを敷き詰めた道の続く丘はない。

いまだ森の支配するというその土地に、私たちは希望を込めた。誰かの持ち込んだ椰子酒を酌み交わし、愉快とも言える語らいをした。だがそうしたときにあっても、船板の裏で海は不気味にうごめき続けるのだった。

熱病で死ぬ者があり、船底の暗さに耐えきれず波間へ身を投げる者がいた。排泄物すら見つかってはならないため、密航者のなかには汚物に塗れて起居するうちに気のおかしくなる者も出た。私は、長い長い夢を見ていた。前生も今生も、そして来生もすべてがそこでは渾然《こんぜん》と濁り、渦巻いた。

陸に着いたと告げられたときも俄には信じられなかった。あまりにあかるく、平明で、港町の喧騒があたりを満たしていた。水揚げされた魚を狙って猫たちが行き来した。封じ込められていた脚は筋力が衰えて、タラップを昇ると膝が震えた。船底で助けあい、励ましあった者たちは、下船の手続きの束の間に散り、気づくとそれぞれの荷を手にして幾筋もの通りの先へといなくなっていた。家族のように思えていたものが、陽射しのうちにたちまち透き通り、ばらばらになって消えてしまった。挨拶すらも交わさなかった。

私はまたひとりになった。荷箱が転がっていたので伏せて腰掛け、海を見た。揺れ続ける、流動性の大地。私たちを苦しめ続けた果てのないその生きものは、いまは戯れのようなちいさな波を繰り出しているにすぎない。浅葱《あさぎ》色に透ける波頭はうつくしいとすら思えた。

まどろみに呑まれかけたとき、肩を叩かれた。振り返るとやけに小柄な男が、背中をかがめてにやにやと覗き込んでいた。

――お前さんはよい身体をしている。老貴婦人のところへ来ないか。

私は荷箱から立ちあがった。けれど相手は背をかがめたままで、首だけをこちらへ上向けた。その姿勢が板についていて戻らないらしい。黄色い肌は樹齢三百年の木のように皺が寄っていた。

屋敷勤めはもうまっぴらだと私は答えた。貴婦人などという人種には二度と関わりたくないと。男は、意味ありげに首を振った。

――老貴婦人はその巨大な穴から体液を染み出させている。どうしようもなく湧き出てきて困っているのさ。それを汲み取ってさしあげる。楽にしてさしあげるのだ。そうして下卑た笑いを張りつかせた。――そのうえ、金が入るときている。こんな愉快な話はないぞ。

まったく気が進まなかったが、金は必要だった。

導かれて着いた土地はいちめんの荒野だった。これもまた森だというのだろうか。剝き出しの岩盤が赤裸の肌をさらして横たわり、傾斜のある面のあちらこちらに、枝で作った三角錐の粗末な骨組みが立っていた。

偉大なる老貴婦人《グランド・オールド・レディ》とは、油田にほかならなかった。この島のいたるところから、あるいは海を越えて半島から駆り出されてきた労働者たちは、鶴嘴《つるはし》を振るい、岩やバケツ様のものを頭から背中に掛けた荷帯で負って運んでいた。灰色の岩肌の上の、褐色の肌の者たち。赤蟻の群れを私は思った。鶴嘴の先端が大地を貫くと、時折、霧状の真っ黒な水が噴出した。するとバケツを持った者が即座にあてがい、それを汲む。ちいさな炎が発生しては消えていた。

――貴婦人の体液は燃えている。この世の何より尊い、燃える水だ。

私を連れてきた小男は、その言葉を最後に私の背を押し、群れのなかへと突き出した。葡萄茶《えびちゃ》色のはずの顔たちは、見まわせばどれもこれも黒く染まっていた。漆黒の夜と区別のつかない色だ。船で一緒だった者を探そうとした。ひとり、右頬にえぐれたような傷のあるのがいた。船中で私はその傷を見ては三日月を思い出したものだ。陸地に出た油田の話を持ち出したのはこの男だった。声を掛けたが鶴嘴の音に掻き消され、相手へ届くことはなかった。私もまた間もなくして、石を割り、石を運び、またべつの石をべつの場所へと運ぶ仕事に掛かりきりになった。

采配を振っていたのは、ここでもまた移民たちだった。私たちにはわからない言語で会話し、私たちにはわからないように物事を進めていった。翠玉の丘こそなかったが、ここでも彼らは、なぜか知らないあいだに私たちより優位にいた。首許までの衣服を着込み、黄色い顔を煤の色に染めることもしないで、花札と呼ばれる遊びの、遊びに見せかけた札を次々切っていく。その札のならびが採油場の命運を決めていくらしかった。彼らにだけ見える気流が卓子の上にわだかまり、四十八の札がその序列を示す。どの場所を、いつ、どこまで掘ればよいか。そして誰に売ればよいか。すべてはその気の流れによって決められていくのだった。

移民たちはその掘り起こした穴を貴婦人、つまり女と呼んだ。けれど私にしてみれば、その大地は私の身体以外の何ものでもなかった。

じくじくと、皮膚の下から染み出してくる漿液《しょうえき》。私の身体が百万年の永い時間をかけて変成したもの。それは私の体液であり、私の懐かしい死体だった。掘削機を使いながら、あるいは鶴嘴を振るいながら、土地を掘り、また土地を掘り、灰色の地脈の底にじわじわと分泌する液に出会うとき、私は私の硬い皮膚の下を流れるものに気づくのである――私の血液、私の organ。

穴だらけの身体を横たえて、夜がくれば私たちは、黒の上にも黒く染まった顔を突きあわせたものだった。引火を注意深く避けて、茂みの、木々の密なあたりに場を探し、乾いた木切れの皮膚と皮膚とを擦りあわせて火を熾した。わずかな月のかかる夕べに大陸からの移民たちは、錫の煙管で阿片を吸っては疲れを癒《いや》していたらしい――かがまった背のあの小男の、歳よりも皺の刻まれた肌はその摂取に拠るものだった。罌粟から抽出した成分の効能は目覚ましく、ここにいながらにしてどこへでも飛ぶことができるという。秋も冬もある、大陸の彼らの故郷の家々へ、魂は戻っていくことができる。帰郷に酔いしれ、丸薬状の成分がなければ狂乱して求める姿は、私たちにはどこか滑稽だった。我々には、不要だったから。望みさえすれば私たちはいつでもその姿に戻ることができた。

前生で鹿だった者。

前生で蜥蜴だった者。

採油場にはさまざまな者らがいた。前生で蟻だった者、虹だった者、蛙だった者。誰もが隔てなく火を囲んだ。

前生で虎だった者が、天を駆けていくかのように地を跳んだ記憶を語る夜、私は遥か地中に根を張って、遠い水脈を探している。目を瞑ると青い宙空を巨大な胴をした龍《dragon》が、切りたった岩山からべつの岩山へと横切っていくところだ。長い身体はけれども見る間にばらばらとほどけていく。龍を構成していた個々の鱗は分離して散っていき、おのおのの餌場を求めて森のなかへと消えていく。騒々しい連中だ。私の小枝にはとまらない、洞窟のうちを棲みかとする大量の蝙蝠どもは、日々暮れるたびに群舞を繰り広げてみせるのだった。

——そのころの自分は天というものを知らなかった。天は地として頭上の低いところに留まって、その存在を世界の果てだと思っていた。我々はつねに世界の天井の真下にいた。いっぽう、地からは乳汁《ミルク》が滴り、それは天へと昇っていってはつららとなって堆積した。自分たちが昼をすごすのはそうした場所だった。乳の結晶したつららの襞がれんれんと頭上に続いていた。橙色のあかりがどこからともなく洩れ入ってくると、まぶしくて顔を伏せたものだ。昼というのがそれである限りそれは私たちの覚醒で、暮れればたちまち天はひっくり返って無限の大地となるのだった。鍾乳石《しょうにゅうせき》の洞窟を出て、私たちは飛ぶ夢を見た。どこまでも薄くけれど丈夫な外套――昼のあいだは私たちの身体をすっぽりと包むその外皮を、思うさま広げて飛び出した。そう、あなたがたが龍と呼ぶものは、餌場へと向かう私たちの夢のはじまりの姿にほかならない。

そのように語るのは、前生で蝙蝠だった者だ。

私は思い出す。一匹の蝙蝠を。黒い編隊の一部となることができず、群れから零れ落ちた白い生きものは、私の指から餌を嚙みながら、それでもけっして手に乗ることはしなかった。

私は手を伸ばす。手を伸ばし手を伸ばし、けれどぎりぎりのところで指はくじけて後戻りする。どの夢でも、どの生のなかでも触れることはけっしてできない。樹冠《クラウン》の恥じらい《シャイネス》。未熟な枝の先で緑の葉と葉は互いに極限まで近づきながら、重なることもひとつになることもできない。指と指とを絡ませることはできない。それは我々の内側に埋め込まれた運命《プログラム》だった。私の身体の持つ成分と、あなたの身体の持つ成分とは、おなじでありながらそれゆえに互いをはじきあう。等分な、わずかの隙を置きながら、へりのところを隣りあわせてどこまでも平行な距離を持つ。

理解しようとすればするほど。

焚《た》き火の揺らぎから目を醒ます。目をあけて、呼びかける。――女、と。――女よ、と。

魂は休むことなく次々かたちを変えていく。

前生で狐だった者が来生での絹羽鳥《きぬばねどり》へと姿を変えるころ、油田は涸《か》れ、老貴婦人の内部はもはや潤わなくなって、私たちの皮膚もまた、穴だらけで乾ききっていた。私は袋《ふくろ》茸《たけ》の姿を借りて――茸たちは私をよく憶えており、気前よくその身体を貸してくれた。むろん私に恩があるためだ――、未加工の、いまだたっぷりと湿り気を帯びた桃花心木《マホガニー》へ張りつくと、材木商の船へ潜り込んだ。死体運び屋にほかならない大型船で、はるか西方へまで連れ去られることは本意ではなかった。航海の途上で船が、漂海民族《オラン・ラウト》の小舟と物々交換をおこなったのをよいことに、私はそちらへ飛び移った。海での無事を祈念する入れ墨を、裸の肌のあちこちへ施した彼らは私と近しい種族だった。語らいをするうちにも舟は波をくしけずり滑ってゆき、間もなくして私はべつの陸地へあがることができた。

山を越え、戦争があった。北の島国から来た異民族が半島を占領し、銃弾の飛び交うその場所を麝香猫の姿で駆け抜けた。象のかたちをしていたときは象と間違えられ捕獲されそうになり、あるいは風となり、または水となって流れ、雨となって降り、泉となって湧いた。泥の川の流れに混じって都会に流れ着いたとき、私の身体はもはやたったの一滴しか残っていなかった。最後のしずくを振り絞って水草の先端をよじのぼると、這うようにして岸辺へ着いた。

都市は見知らぬものだった。瀝青をかためて均《なら》した道は真っ黒で、暑熱を吸って燃えるようであり、裸足のあしうらではとても歩けなかった。どんな獣よりも猛々しい生きものが、鼯鼠の飛ぶよりずっとはやい速度で黒い道を滑っていた。それでもなぜかしら懐かしかったのは、猛獣が尻から放った石油の匂いのためだろうか。知らない場所のはずなのに、帰ってきたような心持ちがした。

ひとつの巨大な迷路でありながら森ではない。幹と枝とを持ちながら樹木ではないという。その脊髄を通り抜け、無数の腕の一本の上を這いながら、私はもはや飛蜥蜴ではなく、甲虫ですらもなかった。痩せてあちこち毛の抜けた犬がすぐ隣を歩いていて、それこそがいまの私の似姿なのだと気がついた。彼の行くほうへとついていくと夜市《ナイトマーケット》がひらかれていた。匂いと色が煙となって渦巻き、低いところへ降りてくる。同行者はひと声吠えると手近の屋台へ近づいた。だが犬のための食料はなく、私の食料もなかった。彼は小走りになったり歩いたりしながら不規則に市を動きまわり、私は間もなくして追うのをやめた。

そのまま座り込んだらしい。通りかかるものがあり、通りすぎるものがあった。やがて何かが、ひとの手のひらが私の表面に触れた。私はそのとき自分が鶏であるような気がしていたので、その誰かは手のひらに乗せて連れていくだろうと思われた。けれど実際の私の身体は、痩せ衰えたとはいっても手のぬしよりずっとおおきくて、細い腕が苦労して私を立たせたとき、そのぬしを自身の重みで潰してしまわぬよう気をつけなければならなかった。

狭く長い階段をどうやって昇ったのか——あるいは彼女がどのようにして昇らせたのかわからない。女は私を、そのちいさな居室のテーブルへ座らせると、姿を消し、また戻ってきたときには食べ物の皿を手にしていた。下の屋台で買ったようだった。湯気のたつ串焼きと魚。二人分はありそうな量を、大皿に盛りつけ、差し出した。

私はひどく飢えていたので、この程度のものはすぐに平らげてしまうと思われた。しかし口に入れて咀嚼《そしやく》し、飲みくだそうとすると、動作は苦痛を伴った。胃の腑《ふ》に届くか届かないかのうちに、敏感な胃壁は異物を拒絶し、たちまち私は嘔吐した。

女はテーブルに差し向かいで座ってそのさまを眺めていたが、首を傾げて思案してから、また席を立っていった。そして今度は、何か穀物を形状がわからなくなるほど煮込んだものを鉢に入れて運んできた。

私はふたたび人間のかたちを回復していった。網膜と角膜とを使って見る世界は朦朧と歪んだが、それでもやがて、目の前にいる女の姿を捉えることができた。藍色のベールで頬まで覆った彼女は、私の無様な食事が終わるとそのあとを片づけて、もう一度戻ってきたときには艶やかな黒髪を顕わにしていた。そうして花の香りのお茶を、部屋じゅうに匂いたたせたのだった。

――あなたを見つけたとき、私は、あの男がふたたびやってきたのだと思った。

女の言葉は、言語も響きもころころとまるかった。私のうちで聞こえていたあの種族の言語、翠玉そのものの声の響きを静かに消していった。

――私を愛してなどいないと言いながら、抱きにくるのをやめなかった。その子どもを宿し、そして堕胎し、二度と会うこともしないでおこうと決めてはじめて、どんなに憎んでいたかわかった。いいえ、憎しみとは違うかもしれない。なんと形容すればいいのか。たとえば私は猟銃を買いにいく夢を見た。行商人から長いナイフを買い求める夢も。それらの道具で殺す相手はひとりしかいなくって、そのことに思いあたると同時に夢は醒め、すると決まってひどい動悸がして、シーツは汗に濡れていた。……。

茶器から立ちのぼる湯気が霧となり、ちいさな電灯を挟んで女はその向こうから話し続けた。まるみを帯びた言葉が転がり、過去と出来事を送り出してゆく。古い感情に触れると、わずかに乱れた。声を継ぎ、息を継いだ。両の手指はテーブルから少し浮かんで、広げられていた。十指のうち七つまでに指輪が重ねられていて、彼女は彼女の物語のなかでひとつ憎しみに出会うたび、金の、あるいは銀の輪をひとつずつ外していくのだった。白いテーブルへかちりと、かちり、かちりと積みあげられる。そのたびに、指のほうでは自由になっていく。

――けれども、そう、現実には、私は何もできなかった。そして男は私の悪夢がはじまってからのほうがいっそ、私へ執着するようだった。こちらの嫌悪が募るほどに、会いたがるようだった。耐えられなくて、居場所を変えた。その建物とろくに代わり映えのしない、ただこの都会における位置だけが違う。復讐らしいことは何もできなかった。それでも、もう愛してはいないというだけで、それは充分な仕返しのように思われたの。……。

彼女の指はいまや裸で、すべての関節を軋ませながら、語り、求めていた。おのれの輪郭から逃れ出ようとして羽ばたく鳥を思わせた。ひろげた手のひらの表情に、私はおののく。まるで彼女の指先によってばらばらにされるかのように。

――だけどそもそものはじまりを言えば、

と女は私に目を据えた。虹彩につめたいものが宿り、それからすぐに消えていった。

――その男は、以前私の住んでいたそのアパートの入り口へ倒れていたの。路上に座り込むようにして。ぼろぼろで、助けが必要に見えた。

目を閉じ、裸の指の腹で目蓋をしばらく覆っていた。ふたたびあけたとき、言った。

――憐れんだら、負けなのよ。何もかも持っていかれてしまうの。

彼女との交わりは、自分の内側を読んでいくような行為だった。

指輪のくびきから逃れた指は、暗闇をいともぬらぬらと自在に動いた。そうして、ゆっくりと持ちあげた。私の死んだ大腿のあいだの、長く眠っていた重い根を。そうやって導いていく。もうひとつの深い路地裏である女のその内側へ。

樹皮の剝がれかけた、広いだけで不器量な私の幹を、もはや若木の密度を持たない、底の外れかけた靴のようにぶかぶかと無様な私の胸を、彼女はその指で触れ、手のひらで押しつけ、すべての重量をかけて乗ったかと思えば窪んだ背中をしならせて退き、そうして私の鈍い根に、地中深くに眠ったたままもう二度とは起きあがりそうになかったその部分に触れるのだった。

私は、ひとである必要はなかった。ひとである女と交わりながら、このうえもなく、木であった。

肺の奥まで息を吸い込んで、少しずつ吐き出しては枝から枝へと移っていく。藍色の、または黒色の、または輝く夜のしじまの色をした何百という数の蝶々たちが、私の毛穴、私の葉裏の気孔という気孔に取りついて、そこから分泌する水滴をあますところなく吸おうとする。くすぐったさに声をあげれば甲虫の背をした爪の先にたちまち口を塞がれる。私は、そのときがふたたび訪れていることを知る。身体の奥深くに仕込まれた時計が、おなじ時を刻む。共振するその幅がどこまでもぴたりと寄り添って、生きものたちを巻き込み、ひろがってゆく。双羽柿の大樹が実をつける。そして周囲の植物たちも——。

一粒の種子が、私へ芽吹いた。そのことに気づくのと、女が動かなくなるのと、同時だった。

彼女は私の身体から降りると、狭い寝台の壁側に顔を伏せた。肩が、小刻みに震えていた。痙攣《けいれん》する目蓋か羽根のように。私は狼狽えた。泣かせてしまったと思った。けれど震えは笑いへ変わった。女は、声をたてて笑っていた。何が可笑しいのか、と私は訊いた。

——おなじことを、してるから。

そう答えて、ふつりと黙った。私もまた黙っていた。

——だけどあなたは、怖くないわね。

あなたは私を害さない、なぜだかそんな気がするのだと、彼女は上体を起こしてこちらを向いた。そして横になった私の肩の、やわらかな窪みへ後頭部を預けた。しばらくこちらを見あげていたが、やがて目を閉じ、寝息をたてた。

深く、穏やかな眠りだった。ひさかたぶりに眠るかのような。閉じた目許に疲れのあとがあった。私は、私をつねの棲みかとした三毛栗鼠を思い出していた。

あの年の、あの一斉開花で着床した子どもだったのだろう。右腕のつけ根に落ち、芽吹いた一対の双葉。生まれたばかりだというのにもう、鮮やかな緑色をしていた。祝福を、与えたいとすら思った。愛らしいとすら感じていた。

私が肩を押さえているのを、女は不思議そうに見ていた。やがてわかったというように眉をひらいて、

――ナイフのことは、気にしなくていいわよ。

と言った。――ここはちゃんとしたレストランだから、ほら、拾いにきてくれる。

窓の外では光景が、ゆっくりと回転していた。かたん、かたん、と音をたてながら、いまとなっては時代遅れの高層建築がまわっていた。私の両手とおなじくらい、不器用な動きだった。壁のすべてを使ったその窓は、ある方角は霧に煙り、べつの方角は晴れていた。私たちのいる塔を追い抜き高々と聳える双子の塔――ペトロナス・ツイン・タワーの姿は、いまや視界から消えかけていた。

斜めに張り出した窓硝子は、遠景のみならず遥か地上の足許までを映し出す。その眺めは森の樹冠に設けられた、あの吊り橋状の天蓋歩行《canopy walk》によく似ていた。ビュッフェのテーブルから戻ってくる途中、窓際を通った女は、高所恐怖を装うかのように肩をすくめてみせた。ほんとうは少しも怖くなどないくせに。そして私の差し向かいへふたたび座り、これもまたおおきすぎる皿に盛りつけたドリアンを、指先で摘んでは口に入れた。

――路上で食べても市場で食べても、おんなじ味がするのにね。

展望台で食事をしたいと言いだしたのは自分なのに、照れくさいのか、そんなことを言う。

あの祝祭の年に降っていた匂いの強い果実。そのおなじ果実を、まるい指先で割っては食べている。時折軽く鼻先をしかめて、匂いの強さを示してみせる。とても食べられたものではない、という顔を。けれどももちろんそれは冗談で、彼女はこの街のほかのひとびとと同様、匂いと成分の強い黄色い果肉をこのうえなく好んでいる。

――もう食べないの。

私の手が止まっているのを見咎めたらしかった。ここのビュッフェは安いものではない。大皿のなかには羊のかけらが残されていた。

ドリアンの皿を、女は脇へ置いた。ナプキンで指を拭い、こちらをわずかに見あげて覗き込んだ。小柄な彼女は私を見るとき、いつでもそんなふうにする。

——ねえ、わかってる。

冗談を思いついたかのように問いは笑いを含んでいて、けれど内側で弾ける調子は次第に消えてゆき、女は私を、ひどく静かに見つめた。——どうしてここへ、一緒にきたか。

窓の景色が、動いていく。円形の、パノラマの、空と、森と、建物とが。私は視線を外し、彼女の目ではなく指を見た。それはいまだに裸だった。あの夜くびきを逃れてから、ずっと自由なままだった。

かたん、と車軸が音をたて、回転する古びた器官があらたな街を映し出した。薄い雲を貫いて、ひかりの帯が差してくる。あとからあとから、幾つも。

遠くのテーブルがざわめき、ひとびとが立ちあがった。曇っていた窓の一画が青く澄み渡ってゆく。大人たちは端末のカメラを手に、ちいさな四角の装置のなかへその絵を切り取っていった。子どもたちは窓へ寄り、歓声をあげて硝子へ張りついた。襁褓《むつき》をつけた幼な子が、おおきな尻をぺたりと落として泣きだした。母親と思しきひとが近寄り、鷹揚《おうよう》な仕草で抱きあげる。幼な子は泣きやみ、その胸へと取りつく。そうしたすべてを私は見、女は見ていなかった。周囲で動くものがあれば気を取られずにいない彼女が、振り返りもせずに前を見ていた。つまりは私を、見ていた。

私は唇をひらいたが、続く言葉を何かが制した。内側の深いところを、ちいさな痛みがよぎっていった。私はその場所を覗き込んだが、言葉は水底へ落ちてゆく石のように、二度とは浮上しなかった。

女が言った。

——そろそろ、行かないと。竣《しゅんこう》工式に遅れてしまう。

立ちあがった後ろ姿を追って、私も歩きだした。この国にはじめて走る近未来の乗り物の、その駅の竣工式を見るために出てきたのだった。

今日は支払う、と言おうとするのを彼女が押しとどめた。いつも通りの笑みを浮かべていたが、少しだけ寂しそうでもあった。あるいはこれまでも、ずっと寂しそうだったのだろうか。いずれにせよ私には勘定を持つことはできなくて、精算台へ向かう女を眺めてから、硝子窓へと近寄った。

線路は蛇の身体のように、街を横たわっていた。あの上を乗り物が走るのだ。磁力を帯びて宙に浮き、草むらを擦り抜ける蛇そのものとなる。高層ビルの数々が、その身体をところどころで隠す。視界の外れで霧があがっていた。木々の呼吸と入り乱れては、流れて消えてゆく排気ガス。車の動きは、この高さからはひどくゆっくりと見える。地上数百メートルの距離からは、すべてが少しずつしか移動しない。都市のぜんたいは停止しながら細部ばかりが動いていた。巨大樹のあいだを動きまわった蟻や小動物に似て。

鏡張りのビルの表面に、蝸牛（かぎゅう）の這ったような跡がくねくねとできるのは、縦列を成して通ってゆく車の流れが映り込むためだ。日暮れればテールランプは赤い血液の球となり、大都会をめぐりはじめる。

この無数の生態系。無数の人間たち、ひとたち。

私は目を閉じた。

ちいさな痛みは続いていた。残響のように、呼んでいた。

私に着床した一粒の種子は、あの夏、芽吹いて双葉となった。鮮やかなその緑色を、片目をあけて確かめた。まどろみ、次に目覚めたときには、長い気根が地面へ向けてまっすぐに伸びていた。私の足許の林床の、腐葉土の取りわけやわらかいあたりで地中へ潜り込み、燐の成分を吸いあげていた。

樹冠に咲き乱れる花の香を嗅ぎながら、それでも私は眠っていた。蝶たちを夢に見た。あるいは三毛栗鼠を、白蝙蝠を。私の身体を抱きしめる、べつの身体の存在を。

ただの寄生植物であれば、喜んで宿を貸しただろう。肩に乗り陽光を謳歌《おうか》するだけの、ささやかな隣人であったならば。けれども私にぴったりと肌を押しつけたその腕は、はじめこそは華奢な、細い蔓だったが、次第に太く、頑丈に、私を締めつけるようになった。蝶の羽根の瞬く束の間にも、ひとつ、またひとつと腕は増えた。

絞め殺しの無花果、とそれは呼ばれていた。

――どうしたの。

と声がした。

目をあければ都市はそこにあり、眼下でいとなみを繰り広げている。おおきな翼を持つ鳥が上空を滑ってきて、肩へとまる。動物たちが集まってくる。生きとし生けるものたちが恩恵へあずかろうとする。昂《たか》ぶる息を殺して待ち受ける。そのときが、このときだった。

ひかり溢れる踊り場で、彼女が私を振り返る。蓮を縫い取りした衣装が陽に透けて、未来へ向かって歩きだそうとする表情は読み取れない。

まだだ、と私は応える。――まだだ、けれどもうすぐだ。

房状に生った無花果の実は、じき艶やかな赤となるだろう。一斉開花の年以外にもつねに実をつける無花果の蔓。生きものたちにとって僥倖である木の、私はこのとき、宿ぬしだった。動物たちが食事を終えれば、家の役目を果たした私を、蔓植物の胴体がいよいよ殺しにかかるだろう。

――はやく、さあ、行きましょう。

ちいさな手のひらが私へ伸び、私を迎えようとする。内側から私を呼ぶ、もはや誰のものでもない名前が私を連れ出そうとする。遠い昔に埋め込まれたものが、かたちを変えて生きはじめる。

肋骨に腰に、大腿に、ぎりぎりと蔓が食い込んでいく。身体が痛みに裂けていく。老いさらばえていた私の幹は、たやすく割れることだろう。ひとつの都市のように枝分かれし、微細な隙という隙に命を宿らせてきたこの私は。そのすべてと引き替えに、あなたたちは生きていく。私を殺し、乗っ取って、無花果は命を振りまく。かれもまたいつか森に喰われる。それは淘汰で成り立っている。記憶も感情も意識さえもが砕かれて、この世界の一部となってゆく。

私というものは、やがて消える。一本の朽ちかけた木が、そこへ立っている。

解説

江南亜美子

宗教的空間に身をおいたとき――それはたとえば高野山でもバチカン市国でも、あるいは葬儀場でもモスクでもよいのだが――ふいに時間感覚がのびたような錯覚におそわれることがある。日常の時間から切り離されて「現在」は遠のき、「過去」と「未来」が近づいてくる。ふだんは意識にものぼらない、「永遠」なる概念も想起される。それは宗教というものが、現在だけを相手にしないためにおこるひとつの魔法のようなものだ。時間の伸縮は、いまここにある私、の輪郭をあいまいに溶かしていく。

『鏡のなかのアジア』を読む心地は、その意味で宗教体験に似ている。本作に収録された五つの短篇は、それぞれアジアの土地を舞台とする。チベット、台湾の九份《きゅうふん》、京都、インドのコーチン、マレーシアのクアラルンプール。読者によっては旅行などでなじみある場所かもしれない。しかし観光ではたどりつけない、このテキストに潜行しなければ体験しえない景色が、読むうちに脳裏に広がってくる。時間感覚がのびていく、甘い目眩《めまい》のようなしびれとともに。

ひとつずつ見てみよう。

巻頭におかれた「……そしてまた文字を記していると」は、チベットの僧院が舞台である。少年期と青年期の境にある「彼」は、写本をしている。夜の静けさのなか、手元を照らすゆらぐひかりの内から、一文字一文字がつらなって出現してくる。「彼」は、書物が世界を映した結果だという考えからいつしか超越し、書物こそが世界そのものであり、本を写し、経を読むという作業によって文字が中空に解き放たれるたびに世界が補完されていくとの感覚に、とらわれていく。だから自分は文字を写すことをやめてはならない。〈さもなければこの世界は端から欠けて、見る見る不完全なものとなってしまう〉

あるとき「彼」は、彩色された壁に右手をあてがいながら回廊を歩き、四度曲がれば元に戻れるはずの回廊の、しかし四度目の角のところで〈そこに広がるのはかつて来たことのない茫漠とした暗がり〉であることに呆然とする。兄僧には、それこそが問答をする理由だと諭されもするのだ。

彼らは浮世離れしているのではない。世の道理や近代科学の知見を知らないわけではない。ただし、「彼」を僧侶の道へと送り出した貧しくも高潔な父母は、経済効率といった価値観とは無縁に生きてきた。それこそが僧の求められるべきありようであり、世界への貢献であるとの信念をもって。「彼」は僧院内を歩きながら、〈自分は母から生まれたのではなく、それら多くの僧たちから、いつの間にか増えてしまったひとり〉であり、〈彼自身とそれ以前の者たちを区別する要素はないに等し〉いと思いいたる。この私、を特別で代替不可能な絶対の存在と考えることの苦しさから、解放されること。私は、「個」でありながら、同時にいつの間にか増えた「多」でもあるのだ。

写本には、印刷とは違い、異同の出る余白がある。ゆらぎに生命の痕跡が残る。あってはならないが稀《まれ》に生じる一文字の写し間違いが、世界の色彩をかえることもある。四度曲がっても同じ場所に戻れないように、世界も「彼」もつねにゆらいでいる。そんなゆらぎの感覚が、本作ではルビの多用＝多様という叙述となって表わされる。牛酪には butter とルビが打たれ、獣は yak、空は gnam、僧院は gompa。日本語とは異なる音が、テキスト内には響きわたるのだ。

世界が「一」でない感覚は、二篇目におかれた「Jiufen の村は九つぶん」にも引き継がれる。雨の多い台湾は九份。わずか九世帯だけが暮らす集落で、漁撈をなりわいとする男が我が家に戻ると、そこには見知らぬ男と女房がいる。常識に照らせば留守中の間夫なのだが、夫は男を追い出すでも糾弾するでもない。もしや自分は幽霊となっていて、あの男こそが生前の自分ではないかと、観察しつづけるのだ。

こうした認知の狂いを生むのは、もしかすると始終降りつづく雨の作用かもしれない。

視界に紗《しゃ》をかけ、現実をゆがませるように、〈barabara、barrabarrra の雨が、shoushou の細かな雨に変わっ〉たり、〈shitoshito が、shito、shito になり、やがて shi・to・shi・to になって〉、雨は降りしきる。糸雨《しう》という言葉が日本語にはあるが、糸の繊維がほどけるがごとく、水は中空を浸透していく。原初的な雨粒の変化――強まり弱まり、あげく音節がそのまま落ちてくるようなこうした雨は、近代とはべつの時間性で連綿と続いてきたこの集落の特性を象徴するものだ。

いわば、ひとにとっての喃語《なんご》のような、整理され形式づけられ辞書に収録される慣用句や語句になるまえの言葉の端をつかまえること。論理や因果律から身をよじるように逃れていく世界の感触が、この一篇からはたしかに感じられる。

このようにゆっくり味わいながら最初の二篇を読み進めたならば、あとはこの物語世界に没入するしか手はなくなるだろう。外界は遮断される。語りに引きずりこまれる。

京都が舞台の「国際友誼」では、古語と現代語、英語と日本語などのはざまにおかれた三人の学生が、言語による意思疎通を〈わかることも奇妙、わからないこともまた奇妙〉とユーモラスに考察してみせるのだし、コーチンを舞台としたごく短い「船は来ない」では、歴史上のなりゆきから宗主国のくるくると変わった町の岬で、少年がとじこめられること／出発することの意味を自身に問うていく。

いずれの作品にも、時間の流れと言語の確定性にうたがいをかける批評性が表われているのだが、真骨頂というべきは最後の「天蓋歩行《めいてい》」ではないか。著者のもうひとつべつの特徴である幻想性が際立って、読者を酩酊感に誘《いざな》う。

語り手の「私」は、かつて熱帯雨林の巨大樹であった過去を持つ男で、一対の芽だったころの記憶も堆積させつつ、いまは、森を伐採した土地に造成された都市の餐館《レストラン》で食事をしている。女とともに。そしてゆっくりと語りだすのである、糸状の真菌を神経網として情報をやりとりする、森そのものでもあった自身の遠い過去を。〈音が空間をかたちづくる。(中略)私の身体はひろがっていく。私の身体のあらゆる場所が音に満たされ、ひらいていく。私の想念は、私の記憶は私の感情のすべては、それら樹冠の音によってかたちを与えられていった。/樹冠の言葉。いまとなってはその表記法どころか音の様相すら定かではないが、そこには確かに存在したのだ。ささめきの言葉というものが〉。語りはリフレインし、表象は微に入り細をうがち、ときに言葉は尖鋭《せんえい》化する。詩情がみちている。

しかし言葉の機能に限界を感じるのもまた「私」なのだ。〈褐色の肌をした彼女は、私の言うことを疑わない。あるいは深く考えない。何を言っているのかを考え、その先で理解するということがない。けれども理解とは、わかるとは、いったいなんの謂《い》いなのだろう〉。大樹や菌や根、草や花粉の総体、つまりは自然そのものである「私」にとって、人間の営みのひとつである言葉だけでは、表象の限度がある。

言葉は万能ではなく、世界の包摂などできはしないのだ。人間中心主義から外れ、自然がただそこに息づく世界のひろがりを彫琢《ちょうたく》しようとする、ポスト・アントロポセン（人新世）的視座から、この「天蓋歩行」はできあがっているともいえる。


ダニエル・ヘラー＝ローゼンという、多言語に精通する言語学者は、その主著『エコラリアス』（関口涼子訳／みすず書房）のなかで、言語の変遷を仔細に解き明かしていくのだが、死に絶えたように考えられている言語の痕跡が現在使われる言語に残り、谺《こだま》のように響く状態を、エコラリアスと呼んだ。さらにそこには、ひとは喃語を自在に操っていた時代から母語の習得に移行する際に、なにかを忘却／捨象し、母語発話のための最適化を図るとあり、まるでその忘却を惜しむかのようにこうも書かれる。〈幼児がオノマトペにおいて用いる音は、失われてしまっただろう喃語の最後の遺物なのか、それとも、来るべき言語の最初の兆候なのだろうか〉。

谷崎由依という作家は本書で、母語獲得以前の非言語的な音や、意識される直前のきざしや、ことわりに先立つ直感が生き残った場所としての「僧院」や「村」、そして「熱帯雨林」を繰り返し描いた。そこでは、言葉は多義的な意味とイメージにひらかれる。時間は直線的で不可逆的に進むのではなく、循環し、のびたり縮んだりする。過去は未来となり、現在は永遠と結節する。私たちひとりひとりの生のかけがえのなさと世界の無限性は矛盾なく両立していく。

私たちはこれらの作品を通して、ひいては小説という言語芸術を通して、そうした場所を訪れることになるのだ。神秘的で、世界の真理を知る案内人たる著者の手にひかれるその体験は、愉悦以外のなにものでもない。

（えなみ・あみこ　書評家）

本書は、二〇一八年七月、集英社より刊行されました。

初出「すばる」
……そしてまた文字を記していると　二〇一三年四月号
Jiufenの村は九つぶん　二〇一二年一〇月号
国際友誼　二〇一四年六月号
船は来ない　二〇一五年一月号
天蓋歩行　二〇一六年五月号

本文デザイン／名久井直子

集英社文庫　目録（日本文学）

田中啓文　大塩平八郎の逆襲　浮世奉行と三悪人
田中啓文　さもしい浪人が行く　元禄八犬伝 一
田中啓文　天下の豪商と天下のワル　元禄八犬伝 二
田中優子　世渡り万《よろづ》の智慧袋　江戸のビジネス書が教える仕事の基本
田辺聖子　花衣ぬぐやまつわる…(上)(下)
田辺聖子・工藤直子　古典の森へ　田辺聖子の誘う
田辺聖子　夢　渦　巻
田辺聖子　鏡をみてはいけません
田辺聖子　楽老抄　ゆめのしずく
田辺聖子　セピア色の映画館
田辺聖子　姥ざかり花の旅笠　小田宅子の「東路日記」
田辺聖子　夢の櫂こぎ　どんぶらこ
田辺聖子　愛　を　謳《うた》　う
田辺聖子　あめんぼに夕立　楽老抄II
田辺聖子　愛してよろしいですか？
田辺聖子　九時まで待って

田辺聖子　風をください
田辺聖子　ベッドの思惑
田辺聖子　春のめざめは紫の巻　新・私本源氏
田辺聖子　恋のからたち垣の巻　異本源氏物語
田辺聖子　ふわふわ玉人生　楽老抄III
田辺聖子　恋にあっぷあっぷ
田辺聖子　返事はあした
田辺聖子　お気に入りの孤独
田辺聖子　お目にかかれて満足です(上)(下)
田辺聖子　そのときはそのとき　楽老抄IV
田辺聖子　われにやさしき人多かりき　わたしの文学人生
谷　瑞恵　思い出のとき修理します
谷　瑞恵　思い出のとき修理します2　明日を動かす歯車
谷　瑞恵　思い出のとき修理します3　空からの時報
谷　瑞恵　思い出のとき修理します4　永久時計を胸に
谷　瑞恵　木もれ日を縫う

谷川俊太郎　わらべうた
谷川俊太郎　これが私の優しさです　谷川俊太郎詩集
谷川俊太郎　ＯＮＣＥ　―ワンス―
谷川俊太郎　谷川俊太郎詩選集　1
谷川俊太郎　谷川俊太郎詩選集　2
谷川俊太郎　谷川俊太郎詩選集　3
谷川俊太郎　二十億光年の孤独
谷川俊太郎　62のソネット＋36
谷川俊太郎　谷川俊太郎詩選集　4
谷川俊太郎　私の胸は小さすぎる　恋愛詩ベスト96
谷川俊太郎　いつかどこかで　子どもの詩ベスト147
谷崎潤一郎　谷崎潤一郎犯罪小説集
谷崎潤一郎　谷崎潤一郎マゾヒズム小説集
谷崎潤一郎　谷崎潤一郎フェティシズム小説集
谷崎由依　鏡のなかのアジア
谷村志穂　なんて遠い海

集英社文庫

鏡《かがみ》のなかのアジア

2021年7月20日　第1刷　　　定価はカバーに表示してあります。

著　者　谷崎由依《たにざきゆい》

発行者　徳永　真

発行所　株式会社　集英社

東京都千代田区一ツ橋2-5-10　〒101-8050

電話　【編集部】03-3230-6095

【読者係】03-3230-6080

【販売部】03-3230-6393（書店専用）

印　刷　大日本印刷株式会社

製　本　ナショナル製本協同組合

フォーマットデザイン　アリヤマデザインストア　　マークデザイン　居山浩二

ISBN978-4-08-744276-2 C0193